文化組織

No. 21

JN200697

文化組織・九月號

主張

モダニズム雑考

われわれは、他人に對して思考力を强要するよりも前に、相手をみてかゝらなければならない。白痴美が性《セックス》を通じて現れてくる新しいユニホームであるならば、ユニホームは政治《ポリティックス》を通じて現れてくる新しい白痴美である。そこには、思考力によつては取引の出來ない客觀的物質の變化及び知覺の變化がある。だから、われわれは一人稱では饒舌れないのである。神樣か巫女かが欲しくなる。神秘化こそモダニズムの一要訣である。――モダニズムは逆行する。

だが、それは自然との對立に於て、對立の頂點に何があるかを示さんがために逆行するのである。われわれはいつでも對立してゐる。小にしては個人と個人とが對立してゐる。小さい對立を包んだ大きい對立は、大きい對立を包んで更により大きくなる對立への前提として對立してゐるのである。それは恰も、すべてが對立する微分子の上に構成された結晶體の無限の發展のやうなものだ。そしてそれは、いつでも上に向つてピラミット型に積みあげられてゆくのである。上に高く積みあげてゆく技術のなかに、モラルの一切があるとするなら、それはもはや精神的な問題ではなくして、物理學的な範疇に屬すべきものである。その故に、それは自主的なものではなくして、他動的なものである。そこに、神學の發足點と政治の優位性とが現はれる。

　われわれは、いくらでも新しくなれる。だが新しくなるためには、グロテスクにならなければならないのである。その勇氣があるか？　だれも、氣狂ひになるための勇氣などを持合はせるものではない。そこでわれわれは、社會秩序なるものを利用すればよいのである。社會秩序こそ大衆にとつて、肉體に於ける水のごとく絶對に必要なものであるが、對立から生れたものは對立によつて死ぬ。二つのピラミツト型が相撃つ時に、次のより大きい對立を豫想しての自壞作用は、外にも内にも始まる。その段階に眼を轉ずるとき、太陽の下にいまだ曾て新しきもののなしといふ、その眞理、その諦觀、その慣習、その實證、その亢奮、感覺に於ける常識の全部がケシ飛んでしまふ。もはや人々は、思考力の埒外にある、純粋に人間的なるもの、「心」への印象としての自然の片影をとどめざるもの、完全に新しきものの世界に突入する。氣が狂つてゐるのは、個人ではなくして、個人を規定する諸々の過去の、社會秩序の、對立のための對立としてのピラミツト型の、新しきピラミツト型に對する復讐の形態が、グロテスクであり、氣が狂つてゐるのである。そこで開示されるところのものを、手段のための手段に於て捉へるなら、それこそモダニズムであり、ウルトラであり、別に逆樣になつて歩く必要もないのである。

　われわれのなかの或者は、はじめから、[illegible]ズムに對して嫌惡の情を持つてゐる。それは、多分精神主義的立場に於て、ピラミツト型の全景を見ようとするからであらう。動的なものを規定するに靜的なものがあると信ずるからであらう。何かが、もつとも「貴重」なるものが失はれると思ふからであらう。われわれを結ぶところの紐帶は、消費的な面を却けることに於て、自然の持つ不可分な素朴さ（それも感情移入に過ぎないのだが）と一體となると信ずるからでもあらう。だが、一番大切なことは、われわれは何に向つて對立しようとしてゐるかといふことなのである。方程式が要求してゐるところの課題は、なにが故にわれわれは新しくなるための役者でなければならないかといふことなのである。

對立の發展の形式に於けるピラミツト型の頂點を、私するものがあるなら、そこに繰り擴げられた一大ペーゼントこそ、「運命」の鍵を握るであらう。藝術は、「心」と同じやうに古い。その故に生活の方が優位なのである。

（中野秀人）

歌

花田清輝

生のゆたかさがあるやうに、死のゆたかさもまた、あるのだ。生か、死か、それが問題だ、といふハムレットの白《せりふ》は、これから歩きださうとする人間の、なにか純粋で、精悍な、はげしい意欲を物語る。混沌はどこにでもあり、問題は、これを生によつて韻律づけるか、死によつて韻律づけるか、といふことだ。ここに、この二者擇一の意味があるのであつて、いづれにせよ、死と生とのいりまじつた蕪雜な我々の生涯は、我々の選擇が生にたいしてなされようと、死にたいしてなされようと、韻律がながれはじめるとともに、たちまち終止符をうたれてしまふのだ。どうなるものか。からみあつてゐる生と死とをひき裂き、決然とそのどちらかを捨て去ることによつて、もはや生きてもゐなければ死んでもゐないものになつてしまつた我々は、はじめて歌ふことをゆるされる。生涯を賭けて、ただひとつの歌を――それは、はたして愚劣なことであらうか。

そこに感傷をいれる餘地はない。愚劣なことであらうと、賢明なことであらうと、なんとも仕方のないことだ。生に憑かれ、死に魅いられた人間にのこされてゐることといへば、驅りたてられるもののやうに、ただ前へ、前へとすすむことだけであり、海だの、平原だの、動物だの、花々だの——行くさきざきに次々に展開する一切のものを、水を酸素と水素とに分解するやうに、生と死とに分解し、これにただひとつの韻律をあたへるといふことだけだ。生の韻律を。或ひはまた、死の韻律を。

斷つてをくが、私はかならずしも詩人のことをいつてゐるのではない。これは、肉屋であれ、靴磨きであれ、僧侶であれ、旋盤工であれ、つねに正義はわれわれにありと信ずるもの、對立するものの眉間《みけん》を割ることばかり狙つてゐるもの、黨派のために萬事を放擲して顧みないもの、絶えず一切か、無か、と考へてゐるもの——要するに、誰でもいい、殉教の傾向のある、すべての人間のことをいつてゐるのだ。

しかし、この主題とともに、なんとも奇怪なことだが、まづ私の念頭に浮んできたものはヂョットオであつた。「繪にてはチマブエ、覇を保たんと思へるに、今はヂョットオの呼び聲高く、かれの名はかすかになりぬ」と、同時代人ダンテによつて歌はれた、あのヂョットオである。キリストや、聖フランチェスコの繪ばかり描いてゐた、このフィレンツェの畫家と、闘爭のなにものであるかを明らかにしたいと望んでゐる、この文章と、いつたい、なんの關係があるのであらうか。まことに不思議な作品だ。かれの描いた馬は赤く、鉛でつくられたやうな木の葉のくつついてゐる樹木は、つねに對稱的《シンメトリカル》にのみ生長し、とげとげしく切り立つた裸の岩山が聳え、崖は階段のやうであり、人間は、時として、その住む家より大きいことさへある。しかし、また、それと同時に、その人間の意味ありげな眸《ひとみ》、手や足のわづかな運動、着物のひだのよぢれなどには、きはめて適確な描寫がみられる。

さうだ。これは私の主題とたしかに關係がある。もちろんその自然的なところや、超自然的なところが、かならずしも闘争的だからではない。それらすべてを支配するものが、微妙な韻律であるからである。まさしくこのゴブラン織のやうな美しい畫面は、荘重、厳粛に韻律づけられてゐる。しかも、透明で、情緒的で、海の底のやうに靜かだ。はたして、この韻律の正體はなんであらうか。生の韻律であらうか。死の韻律であらうか。生か、死か、それが問題だ。

ここでまた、私は立ちどまる。さうして、當惑する。いかにもヂョットオは、韻律といふ點では、たしかに私の主題と關係がある。しかし、かれによつて主題を展開することは、不可能ではあるまいが、はなはだしく困難だ。何故といふのに、そこには、ふたつの韻律が、同時に見いだされるからである。これこそ奇怪なことであり、不思議なことである。何より私の主題と眞向から對立する。ルネッサンスの初期にあらはれ、ヂョットオの闘争したことは、まぎれもない事實だが、右につかず、左につかず、あくまで中庸の立場をまもりながら、はたして闘争することができるであらうか。

思ふに、これは稀有の例だ。おそらく、かれの時代が、中世の夕暮れ、または近世の夜あけにあたつてをり、高まらうとする生の韻律と、消え去らうとする死の韻律とが、仄かな光りの漂ふ、この間隙のひとときに、たゆたひながら、和合してゐたためであらう。いはば、かれは、生と死との分解をはやめはするが、自分自身は、その分解の影響を、すこしも蒙らない、觸媒のやうな存在でもあつたのであらうか。

とはいへ、現在、私にとつて必要なものは、ひとつの韻律によつてつらぬかれた力強い歌であり、妥協をゆるさない、あれか、これか、の立場なのだ。ヂョットオではいかにも不便だ。そこで、いささか獨斷のきらひはあるであらうが、爛熟資本主義時代にうまれてきた、ふたりのヂョットオ、お互ひに無二の親友であり、しかもまた、不倶戴天の仇敵であつた、ふたりのヂョットオ――ゴッホとゴーガンを登場させ、奔放に書きすすめてゆくことにする。

ゴッホが生の味方であることは、私にとつては、まつたく自明の事實だ。たとへ、このふたりが、私の前にあらはれ、どんなにさうではない、といひはつたにしても、私は決して自說をひるがへしはしないであらう。言葉は信じない。私はただ、かれらの作品に脈うつてゐる韻律を信ずるのみだ。一方が生であり、他方が死であればこそ、かれらは、お互ひに、あれほど火花を散らして爭ひもしたのだし、その結果、つひに生は自らその片耳《かたみみ》を切りとることにもなつたのである。かれらの時代は、ルネッサンス以來支配的であつた生の韻律が、ふたたび衰へはじめ、死の韻律が、二度目の制覇にむかつて、その第一歩を踏みださうとするときにあたつてゐた。

さういふ意味において、まさしくゴーガンは時代の子であり、ゴッホは時代のまま子であつた。時代の子は、いかにも時代の子らしく、逞しく生長し、膂力衆にすぐれ、ひとを身ぶるひさせるほど、大きな聲で話をした。これに反して、まま子は、いかにもまま子らしく、貧弱な小男で、むつつり屋で、いつも血ばしつた毒々しい眼つきをしてゐた。前者が死の味方であり、後者が生の味方であるとすれば、私のいふ生と死のイメージが、ややはつきりしてくるであらう。死は堂堂としてゐて、物に動じないところがあり、生はいらいらしてゐて、絶えず緊張してゐるのだ。

しかし、おそらく、さまざまな疑問がおこるにちがひない。時代のまま子が、彈丸を腹に射ちこんで死なねばならなかつたことは當然であるにしても、時代の子までが、どうして歐洲から閉めだされ、南海の名もない島で、その孤獨な半生をおくらなければならなかつたのであらうか。のみならず、生に憑かれてゐた男が自殺し、死に憑かれてゐた男が、平然と生きつづけてゐたといふことは、まことに不可解なことではなからうか。

だが、それはすべて詰まらぬ疑問だ。すでに最初に述べたやうに、かれらは生きてもゐなければ、死んでもゐない人間だ。パリで自殺しようと、タヒチでのたれ死しようと、無意味なことだ。かれらの自殺や亡命を、世のつねの幸福や不幸を以て律することは間違ひであり、かれらにとつては、我々の幸福が不幸で、不幸が幸福であつたかも知れないことはいふまでもない。ただ、生の立場にたつものにとつては、ゴーガンの亡命は、あくまで逃避とみえるであらうし、死の立場にたつものにとつては、ゴッホの自殺は、要するに一愚劣事にしかすぎまい。

ゴーガンが、かれの魔法の杖をとつて、あらゆるものに觸れるとき、すべての生きとし生けるもの、動搖してゐるもの、氾濫してゐるもの、痙攣してゐるもの、何かに耐へてゐるもの——つまるところ、未來を翹望するところの一切のものは、ここに、たちまち、いつせいに鳴《なり》をひそめ、犇き騒ぐ血をとつた後のやうに、平靜なものに、虚脱したものに、甘美なものに、時として、逸樂の影をすら帶びたものに轉化してしまふのだ。

かれの「ヤコブと天使との戰ひ」といふ作品をみられるがいい。イスラエルの族長ヤコブが、或夜、天使と角逐して勝利を得、つひに敗北したものによつて祝福されたといふ舊約の物語は、人間の力ではどうにもならぬと思はれてゐる權威ある存在にたいして、大膽不敵にも單身立ちむかひ、全力をあげてこれと闘爭しようとねがふものにとつては、たしかになまなましい感動をさそふ、興味ある主題であるにちがひない。しかるに、ここでは、そのなまなましさが綺麗に拭ひ去られてしまひ、物語はいかにも物語らしく、なんと夢幻的なうつくしさでかがやいてゐることであらう。

闘爭は、はるか彼方の緋色の丘の上で行はれてゐる。まさしく天使もヤコブも戰つてはゐるが、作者の關心は、むしろ前景に大きく描きだされた、白い帽子をかぶり、眠たげな顔つきをした、ブルターニュの女達のはうにあるかのやうだ。おそらく、「聖ジュリアン」についていつたやうに、フローベルならいふであらう「これは、わが國の教會の燒繪ガラスの上に見いだされるものと殆んど似かよつた、天使と戰ふヤコブの物語である」と。

ではゴーガンにとつては、闘爭とはどうでもいいことなのであらうか。はげしく、あらあらしい、捨身になつた人間のエラン・ヴィタールの狀態には、なんらの興味もないのであらうか。勝利も、敗北も、結局、取るに足らぬものなのであらうか。否、かれの闘爭は、闘爭にたいする闘爭であつた。極度に緊張した生のはなつ、さまざまな噪音を、死によつて韻律づけるといふことであつた。汗や血の匂ひ、骨のくだける音や肉をうつ音、虛空をつかんで伸ばされた腕、剝きだされた齒、大きく波だつ胸や腹、叫喚、怒號――およそこれほど典雅なうつくしさから遠いものはない。にも拘らず、この乾燥した主題ほど、また、かれの心をそそるものもない。「然り、溫和もて狂暴に打ち勝たざるべからず。」かれは荒れ狂ふ一切のものを、しつとりと落着いた死の雰圍氣でつつみ、これに秩序と階調とをあたへ、さうして、これこそ冒險にちがひないのだが、闘爭そのものの裝飾化を目ざして進んだのである。

この男にたいして恫喝は効果がない。昂奮してみせたところで無駄なことだ。かれが、そこに、いくらかでもポーズらしいものをみとめるかぎり、殆んど齒牙にもかけないであらう。しかし、たとへ、それがかれにたいする燃えるやうな敵意の表現であるにせよ、ほんものの熱情の奔騰、すさまじい闘爭の形や動きを前にすると、餌食を前にした野獸のやうにかれの心はよろこびに湧きたち、悠々とこれを料理してみたくなるのであつた。やがて、かれの敵は、いつの間にか骨ぬきにされ、ピンでとめられ、額緣におさめられ、標本になつた蝶々のやうに、客間の壁にかけられて裝飾の用をつとめるにいたるのだ。

この裝飾化といふ點で、ヂョットオは、まさにかれの先驅者であつた。しかし、ヂョットオのばあひは、あらゆる劇的なものを、劇的なままに生かし、しかもなほ裝飾的であつたといふ點において、ゴーガンとは截然と區別される必要があ、る。いつも永劫不變の超越的狀態に置かれてゐた神を、ビザンティン藝術の形而上學的呪縛から解放し、これを敍事詩と劇とのなかに連れこみ、しかもなほ、その神としての威嚴をすこしも失はしめなかつたところに、「巨匠《マギステル》」の「巨匠《マギステル》」たる所以があつたのだ。ヂョットオ自身、かかる物々しい稱號を、心から嫌惡してゐたとはいへ。

奇怪な風景描寫も現實的な人物描寫も、すべては裝飾のために十分計量された結果のことであつて、この對立するふたつの描寫を、對立のまま、巧みに調和することによつて、尖銳でありながら、水々しい感じのする、獨創的なヂョットオの作品が生みだされたのだ。

ゴーガンは、決して尖銳なものを避けようとはしないが、痲醉にかけて、その抵抗力をうばつてしまひ、相手を完全に混迷させた後、殆んど嗜虐的な態度で、そのうつくさを描寫しようとする。そこには劇的な緊張はみられず、死の韻律だけが、しづかにながれてをり、それは鬱々とした、不毛の性的感情に通じるものがある。

「デカメロン」の物語る、機智縱橫のヂョットオの姿をみるにつけても、いかにかれが、當時の生の信者のむれから、かれらの先輩として敬愛されてゐたかが、うかがはれる。しかし、そのヂョットオにたいする敬愛にかけては、つねに死の味方であつたゴーガンと雖も、決して人後に落ちるものではない。ヂョットオの「マグダレナ」について、ゴーガンはいふ。「たしかに、この畫においては、美の法則は、自然の眞理のなかには存しない。他處を探さう。けれど、この見事な畫においては、構想の非常なゆたかさを否定できない。だが、構想が自然であらうが、嘘らしからうが、それがどうだといふのだ。私は、この畫のなかに、まつたく神々しい柔和や愛情をみる。さうして、私はさういふ淸廉のなかに、人生をおくりたいと思ふのだ」と。

おそらくゴーガンが、ルネッサンスの初期にうまれてゐたならば、かれの希望は達せられたかも知れない。しかし、時代はもはや清廉であることを、かれに許さず、却つてデカダンスとして、死のために、生の勦絶をかれに命じたのだ。繰返していふが、かれは時代の子であつた。時代の影響を骨髄にまでうけた、典型的な時代の子であつた。

時代は、ヂョットオにたいして、フィレンツェの商業資本家の姿を借りて、なにものかを教へたであらうが、ゴーガンにたいしては、パリの金融資本家の姿を借りて、深い影響をあたへたのだ。おそらく株式取引所員として過したゴーガンの十年は、かれの藝術と無關係ではなかつた筈だ。かれの作品は、金利生活者の心理を精確に反映してゐる。それ故にこそ、かれは一應「不遇」でもあつたのである。何故といふのに、當時におけるかれの作品の顧客は、なほ「活動的」な産業資本家のむれに屬してをり——或ひは、すくなくとも屬してゐると思つてをり、この時代的な、あまりにも時代的な藝術家の作品を、たうてい理解することができなかつたのだ。

したがつて、かれのタヒチ行もまた、時代との關聯を無視しては考へられない。もちろん、自分の作品が一向に賣れないから、安易な生活をもとめて、かれが植民地への逃避を企てたといふのではない。すでに生涯を賭けて、ただひとつの歌をうたひつづけてゐるかれである。かれのなかには、惰眠をむさぼることを許さないものが、なにか澎湃としてさかまいてゐた筈であり、たとへ貧困の故をもつて、侮辱されようと、白眼視されようと、まかり間違つて、パリの陋巷で窮死することにならうと——それはすべて覺悟の前であり、あくまでかれは、生の粉砕のために鬪争しつづけた筈である。こんなことは、わかりきつたことだ。にも拘らず、何故かれは、タヒチへ行つたのであらうか。

元來、金融資本主義時代における思想家や藝術家は、植民地における性《セックス》の問題に異常な興味を寄せる。もはや資本主義の初期においてみられたやうな、原始共同體への關心などは、殆んど影をひそめてしまふ。さうして、かれらは、植民地に、かれらの性の理想境を發見するのだ。もちろん、啓蒙期においても、植民地における性問題が、とりあげられなかつたわけではない。しかし、ディドロオの「ブーガンヴィル紀行補遺」とマリノウスキーの「野蠻人の性生活」とをくらべてみると、兩者の觀點の全然ちがふことが、はつきりわかる。前者は生の立場にたち、後者は死の立場にたつてゐるのだ。そこに大きな時代の相違をみいだすことができる。

いづれも土人の自由な性生活の謳歌にはちがひないが、ディドロオが、タヒチにおいては、男女の結合の自由が、同時に子供を生む義務を伴ふことを主張してゐるのに反し、マリノウスキーは、メラネシアの若い娘は、子供を生まないといふ條件さへまもれば、なんでも好き勝手なことができるといふ點を强調する。ディドロオの主張が、結婚の封建的束縛にたいする抗議を意味し、マリノウスキーの强調が、金利生活者の享樂慾のジャスティフィケーションであることは、ここにあらためて斷るまでもない。

タヒチが、ディドロオのやうにではなく、マリノウスキーのやうに、ゴーガンによつて受けとられたであらうことは、たしかなことだ。金利生活者の藝術家が、心をそそられない筈があらうか。不毛の性的感情の享樂こそ、死そのものにほかならず、かれはこれを表現するためにこそ、生涯を賭けたのではなかつたか。死によつて韻律づけられたうつくしい土地、かれの作品のライト・モチィフが、山にも、河にも、人間にも、至る處にみいだされる土地――それがゴーガンのタヒチではなかつたか。

ゴーガンは、タヒチにむかつて、逃避したのでもなく、休息に行つたわけでもなかつた。かれは、そこで、ヨーロッパにゐるときよりも、いつさうひどく働くために行つたのだ。憧憬の土地は、はたしてゴーガンの期待を裏切らなかつたであらうか。まさにかれは幻滅を感じた。それは「ノア・ノア」の語るとほりであらう。當然のことである。しかし、幻滅がなんだといふのだ。こちらに、はげしい意慾さへあれば、すべてを死のひといろで塗りつぶすこともできるのだ。パペエテから奥地へ、さうして、さらにドミニィクへ――鬪爭につぐに鬪爭をもつてしながら、かれは最後まで死の歌をうたひつづけた。

私は、リラダンの次の言葉を思ひ出す「生きることか。それは家來どもにまかせてをけ。」

（次號完結）

原子論史（第五回）

J・C・グレゴリイ
宗谷六郎譯

第五章　第一、第二性質（續）

デカルト學派の絶對的無間隙連續體の主張が正しいにしろ誤つてゐるにしろ、宇宙が微粒子により連續的に結合してゐるといふことは實體の作用範圍を擴張した。微粒子が太陽の光線中を運動を運び還すから、氷は炭火の上と同じ樣に遠い太陽に照らされて解ける。ボイルは「流射物」を忘れなかつた。微粒子の飛沫、微粒子の流れ、或は傳達される微粒子の運動といつたものの中を、一列に並べた將棋の駒の前の一つを指で押すと所謂將棋倒しとなつて最後の駒まで押倒される樣に、撞擊が微粒子の列を傳つて移つて行き、遠く隔つた事物間の交互作用を可能にする。

　ボイルは論議を完全ならしめるためにテュバル・ケインを引用してゐる。ケインが鐵片を工夫してある形に造り上げたとすればこの形造られた鐵は特別の微粒子配置をもつた事物を表はしてゐる。彼がうまく錠前を造り上げたとすればこれは別の物を表はしてゐるのである。錠前がうまく造られ、形造られた鐵は出來上つた適合性によつて鍵となる。同じ樣に硝酸が溶媒たり得るのはその微粒子配置と銀の微粒子配置の適合性によつて金屬の細孔に侵入し、その粒子を分離することが出來るからだと云ふのである。物體は微粒子が適當に配置されてゐると、鍵が適當な形をした錠前を開ける樣に、接觸によつて相互に作用するし、又微粒子の飛沫、微粒子の流れ、又は微粒子の撞擊が同樣適當であれば中間に介在する微粒子によつて作用することが出來るといふのである。

　同じ樣な微粒子的適合性が感覺――人及び動物の感覺的器官への物體の作用をも支配する。熱せられた鐵は、ピンがその尖つた先で突き刺さる性質をもつてゐる如く、微粒子的適合性によつて皮膚を燒く。かくて又眼は雪の白さといはれる微粒子的錯亂に適合し、又耳は空洞の響に、鼻の組織は麝香の發散に適應してゐるといふのである。

ボイルは今や第二のゴールに近づいた。即ち第二性質を心に置く事に。二つの物體が相互に作用すると、一方の微粒子構造が他の微粒子構造に影響する。或る實體の微粒子構造を變ずる。色彩、香氣、音響といつた感覺的性質も又その結果が現はれてくる。灼熱せる鐵片を氷の上に置くと氷は解けた。だがもし掌の上に置かれたら熱さと痛みを生じる。熱鐵が皮膜の構造を變じ、皮膜の構造を變ずるのである。併し手の平は物質の構造であると共に「感官」でもある。掌は「身體の組織」即ち人體の一部分であり、この關係から「心」と「密接な結びつき」をもつてゐる。この身心の密接なる結合によつて掌の肉體的變化が心にとつては温度及び苦痛となつて現はれるのである。かくて針が「細く固く鋭い」先端となつて現はれる「觸覺の器官」の連續性を亂すと、痛さと呼ばれる嫌な感覺が心即ち精神の觀念として生起するといふのであつた。

事物は現實に形狀、大さ、運動或は靜止そして組合せ即ち微粒子構造といつた「普遍的性質」をもつてゐる。事物と感官との間に適當に感官の微粒子構造に作用する。感官に於ける變化は色とか熱さとかいふ心に對する感覺的性質のものである。針に痛みはなく、鍛られる鐵に熱いと云ふ感じなく、雪に白さはないのであつた。雪は人が見てゐないときは構造的に白いのである。即ち

それは眼の微粒子構造に作用して心に對し「觀念」として白色と合し、又感覺的性質となり得る、微粒子構造をもつてゐるのである。熱いといふ感じの觀念は鍛られる鐵の中の微粒子の激しい運動の相關物である。實在の「普遍的性質」又はボイルが時々名付けたところの「第一性質」以外の他のすべての性質は感覺的性質、即ちボイルが時々、そしてロックが常に呼んだところの第二性質である。形、大さ、運動或は靜止、更に組合せといつた普遍的性質は實體の微粒子の中にも感官の中にも存在するものであつた。感覺的性質は實體にも感官にも存在しない。それは心の觀念であつた。ボイルは元來經驗哲學者であつて、精神的よりも物理的なものにより多く關係し研究してゐた。彼はほんのあつさりと觀念に觸れてゐた。彼は總ての第二性質とその微粒子的相關物との同樣の區別を明らかに立てゝゐた。微粒子的機械論は性質の問題を焦眉のものとして提起し、第十七世紀は一見不可避の演繹を以てそれを解明した。この問題についてはボイルはガリレオやホッブス、そして後に來るロックが考へたのと本質的には同じ考へ方をした。

實體の熱と、心の觀念としての熱い感じとの間に明かな區別をなしてゐた。彼は總ての第二性質とその微粒子的相關物との同樣の區別を明かに立てゝゐた。微粒子的機械論は性質の問題を焦眉のものとして提起し、第十七世紀は一見不可避の演繹を以てそれを解明した。

微粒子機械論はロックにとつては第十七世紀のあらゆる確實さをもつたものであつた。彼は少くとも人間悟性の弱さの故物體の性質のこれ程判り易い説明を他に提起することは出來ないと思つてゐた。「感謝することの出來ない微粒子」が最も「自然な效果」

をもつたのである。時計の機械を精査することの出來る時計製造人は平衡輪に紙がのつても時計が遲れ、「ほんのわづかな個處」を鑢をかけても狂ふことを見分けることが出來る。哲學者が微粒子構造を窺ふことが出來たら大黄を飲めば下痢し、亞片を喫めば眠ることを、時計製造人が時計に鑢をかけた結果を豫見し得る樣に正確に豫言することが出來るだらう。がこれを窺知することは出來ない。ロックは微粒子構造に近づき得ないことを嘆きながら、いたずらに硝酸の銀溶解作用を引例してゐる。鍛冶屋は鍵と錠前との嵌り工合を觀察することは出來るが、酸と金屬との微粒子的適合性は感覺を超越してゐる。ただその作用が認められるだけで微粒子構造は、丁度その動くのが見られる針の背後にある時計の機械の樣に感知することが出來ないのだ。物體相互の作用は、その「微細構成部分」の「大さ、形、組合せ、運動」にもとづくものであるのであつた。

物體の感覺で知り得ない粒子が感覺に作用する。神經が、或はその中の動物靈氣が運動を腦に傳へ、腦のこの運動が心に觀念を生じるか又は觀念と相關する。眼に見える物體は「それから出ると思はれる」「單純な感知されない物體」によつて眼に作用する。この回路は對象から感覺器官へ、器官から神經へ、神經を通じて腦へとなつてゐる。對象が感覺器官に接觸せぬ場合は微粒子運動によつて感官に作用する。對象から腦への回路が完成して一つの觀念が心に生じるのであつた。

微粒子は大さ、形、運動と靜止をもつてゐた。かゝる性質は微粒にあるのであり、それで物體にあるのであつた。ボイルはこれ等の物理的實在性に「組合せ」を加へた。ロックも又それを、屬屬「位置」といふ言葉で加へた。ロックは更に「數」を表に加へた。ロックはかくて永久的に「固い部分」の「嵩、形態、數、位置、運動又は靜止」を「第一性質」といふ名稱で呼んだ。火が鉛を溶かし、太陽が蠟を白くかためる如く、一つの物體が他の物體に對して「力」をもつてゐることがあるが、それは「その第一性質の特殊な構成」が他の「嵩、形態、組合せ、運動」を變化させるのであつた。かくの如き物體の第一性質に生じる變化は、變化した物體の感官に對する作用を變ずるから、感覺に感知され得るものであり、又感知され得る筈であるといふのであつた。

微粒子の第一性質が心に觀念を生ずる性質を微粒子に與へる。物體自身大さ、形、運動又は靜止、そしてロックが常に主張した數をもつ。例へば大さ或は形の觀念は性質そのものに類似する。第一性質は物體に存在し、觀念によつて認識される。「感知出來ぬ第一性質」は他の觀念を心に生じることが出來るのであつた。ボイルは「感知し得る性質」を組合せ即ち微粒子配置と密接に結びつけた。ロックはこの性質はそれを生ぜしめる第一性質とは全然相異するものであることを强調した。物體の中には、更に構成微粒子の中には色、香、味、音に類似する何物もない。ボイルは時たまこれ等を「第二性質」と呼んだが、ロックがやがてこの言葉を採用した。色彩の如き第二性質、物體の第一性質に存在する、例へば赤色の觀念を生ずる力は全く謎であつた。心によつて經驗された赤色は微粒子の第一性質のどれにも全然似てゐない。若し斑岩の微粒子の「組合せ」がその中の「赤や白の色」の責任をもつものとすれば、この物體の內部にある微粒子構造は人を間誤つかせるほど心に生じる色の觀念とは似もつかないものであつた。

性質は心に觀念、感覺、知覺を生ぜしめる物體の質料の變形であつた。實體の中心にある微粒子自身に屬する本來の即ち第一性質はそれ自身に關聯する觀念を生む。火の傍によることがかの哲學者に第二性質は對象に內在しないことを警告した。何故なら、餘り近づきすぎると快適な暖さが苦痛に變るから。雪球は白色の觀念を生じるが、それは雪自身の內部にある「感知され得ない部分」の微粒子構造とは似もつかないものである。第二性質はただその對象の感知され得ない部分にある、嵩、形態、組合せ、靜止又は運動、數といつた第一性質によつて種々の觀念を生じ得る力といつた意味で對象に存在するのであつた。第二性質の觀念と物體にある性質とのこの厄介な異質性は微粒子による說明方法を消滅せしめはしなかつた。謎は直面され、受入れられ、神性に訴へられた。神は、切る運動は全く痛みの觀念と異つたものであるが疼痛を刄物で身を切ることに結びつけた如く、靑色の觀念又は薑の匂を、これ等の觀念がその微粒子的等價物に何等の類似、明白なる結合、判つきりとした關係をもつてゐないのであるが、適當に修正された運動に結びつけた。かくてロックは第一性質を相關觀念で認識され得るものとして物理的世界に置いた。第二性質は微粒子的等價物を物理的世界に持つが、此等は心に於ける觀念に似た觀念をもたない。物體に存在するごとく見えて存在しない第二即ち感知し得る性質は、神によつて物理的世界のその近づき難い微粒子的等價物に神秘的に結びつけられた、心の中に存在する觀念であつた。微粒子的等價物の近づき難いことが神秘の源泉ではない。何故なら、ある色彩と、大さ、形、固さ、配合、數をもつた運動する或は靜止する微粒子の一群との間にも判つきりとした結合は存在しないのだから。物體の微粒子が人體の微少部分の運動を減少するときそれは冷たく感じられる。物體の微粒子が人體の粒子を速めるとそれは熱く感じられる。微粒子運動は熱さ冷たさの感覺、又は觀念とは餘りに隔つてゐて、此等と明瞭に結びつけられない。微粒子的等價物は非常に說得力をもつて居り、熱の感覺は餘りに明かな經驗なので共に拒けられることは出來なかつた。謎めいたこの結合は受入れられ、科學的傳統は感覺としての熱と物理的實在としての熱との人を當惑せしめる矛盾せる相關にしつかりと委ねられた。科學者は第二性質を微粒子構造に神が結びつけるにしろ自然が結びつけるにしろ、常に滿足してゐることが出來た。

デカルト派が思考する心と延長をもつ物質とを切り離したことは思想に決定的な偏見をもたせることになつた。デカルト流の微粒子機械論は力強く傳統に喰ひ込んで行くと同時に性質の問題を提起した。ロックの第一、第二性質が問題の解釋を完成した。この性質の說は知覺を奇妙に二分して解釋してゐる。知覺された雪片はその形は見られるのであり、白い色はたゞ心の中にあるのだから、半は心の中にあり半は外にあることになる。嚴密に云へば知覺された雪片の全部は心にあることになる。何故なら、形は外界的なものであつても形の觀念はさうではないから。このことは哲學に迅速な影響を及ぼした。物質的機構そのものに一番關係の深い物質科學は常に滿足してロックの教說に歸依した。物質科學は物體の內部にある眞の性質、心の觀念としての第二性質、後者の物體內に於ける微粒子的又はその他の物質的な相關物に滿足した。微粒子構造は物質科學の最も興味をもつところであつた。物質科學は例へば熱の感覺よりも、物體內部の發熱運動に、或は第十八世紀に考へられ勝ちだつた假定された熱素により大きな興味をもつた。例へば「青色」は物理學にとつては每秒いくらといつたエーテルの振動であり、今尙一般に精神的なものと假定されてゐる感覺でないといふことは今も眞である。第二性質を微粒子構造或は何か同じ價値のある物質的機構に相關せしめることは、よし哲學によつて冷眼視されてゐるとしても、今尙最も都合の良い科學的假定である。物質科學は自然の機構に關心をもつから、物理的探究を知覺の說明といつた面倒なものから解放するため第二性質を心に委すといふ、より單純な常により効果的な方法を撰ぶのである。知覺の問題により多く目標を置いてゐる哲學は、ボイルがかつてその元素の數を決定しようとする努力について云つた如く、その努力は成功的といふよりも、むしろ孜々としたものであつたとはいふものの、今やこの單純素朴な理論に眉を顰めるのである。科學と哲學の區別は、前者が經驗的手段を用ひて微粒子機構の研究に向ひ、後者が心とその觀念を探究しだしたロックの時代に始まつてゐる。科學と哲學との間に分離が始まつた。それはただ徐々にのみ第十九世紀の兩者間の分裂へと發展したのだが、第十七世紀の終る頃から物質科學は物質界をその領域に、哲學は神界をその領域とし始めた。

　第十七世紀に於て微粒子が熱狂的に受入れられた事は、古代が原子に冷淡であり、最後に見棄ててしまつたのと對照をなす。原子から初期の難點が除かれることが出來たから歡迎され得たのである。納得出來ない空虛は粒碎された微粒子連續體に於ては取除かれてしまひ、しかも傳統的な充實空間は保存され、部分に分割出來ぬ粒子の不合理はデカルトの分割され得る微粒子から除かれた。原子が一時的な微粒子の假面の下に勝利を得た時、人心は以前の信じ得ない空間、分割出來ぬ粒子とも調和した。ヴォルテール（一六九四年――一七七八年）は空虛が知られたから充實空間は最早化物と思はれて居り、原子といふ不可分割不變の原理が永遠なるものの源泉として認められてゐると語ることが出來た。第十七世紀は、古代精神が機械的原子論を回避した如くに、時計の如き微粒子機構に辟易することはなかつた。何故なら、物質界の自動機構の背後に神の手があつたから。神によつて最初の動き方を指示され、その法則が樹てられ、時々制約指導されるのであれば、原子や微粒子が偶然に合流するといつたことは必要でない。神性によつて構成され監視されるなら、時計の如く動く物質界も敬虔なる人達に受入れられた。空虛、不可分割粒子、機械的苛酷さから來る不快も効果的に除去された。微粒子或は原子の剝出しなことにある不快も、粒子自身は物質界に歸せしめられ、粒子のもたない性質は精神に歸せしめられて、なくなつた。

不快さが取除かれると世界の微粒子的、原子的解釋は强い影響を及ぼすやうになつた。この影響力は當時の微粒子論者の熱心さに明かに知ることが出來る。エディンバラの有名な化學者ジョセフ・ブラック博士（一七二八年――一七九九年）はその力の源を認めた。人間精神は自然の機能を物體內のからくりによつて說明しようとする性癖をもつてゐると彼は云つてゐる。第十八世紀に於て微粒子熱の時期の後に原子說に對する一脈の懷疑說が現はれブラック自身、假說的原子へのこの不信を抱いてゐたが、彼は機械的說明が强く人心を捉へてゐることを認めてゐた。化學實驗の結果は常に岩を動かす爲めの機械的仕組よりも判り惡いものだといふ彼の言葉は、微粒子又は原子哲學の影響を比喩で表はしてゐる。知覺される現象の內部機構は普通の機械運轉のありふれた衝動、衝合、楔止と分り易く同一視された。微粒子機械論は牽引、推進、鉤懸け、貫透、衝動といつた普通の經驗を現象の近づき得ない中心に導入した爲に理解し易く、又信じ易いものであつたのである。

物質科學の歷史が示すごとく、第十七世紀が終局に於て採用した粒子による說明は、それに對抗する說明よりも解明力をもつたものであつた。例へば熱による空氣の膨脹はこの有効さを簡單明瞭に例示してゐる。即ち離れて動く粒子はそれに對抗する如何なる概念よりも判り易い考を人心に提供した。粒子が分解の要因は判らぬが、空虛中を離れて動いて居ると考へられたにしろ、又デカルト流の說明の如く介在する細微質料によつて力をつけられ離されてゐると考へられたにしろ、分り易いことは全く分り易いものだつた。この効果的な分り易さが微粒子による說明の流をもたらし、物質現象の全分野に適用されるに至つたのである。

第六章　原子と力

エピクロスは天界の遠い現象を說明するのに地上の近い事象を採用した。天界の現象を地上の雛型によつて說明する方法は、第十七世紀の終り頃になつて逆になり、天界に於て明かにされた作用が微粒子機構に導入された。アイザック・ニュートン卿（一六四二年――一七二七年）が一六八五年から一六八七年へかけてその著『原理 Principia』――『自然哲學の數學的原理 Philosophiae Naturalis Principia Mathematica』――を刊行した時に引力の法則は科學に於て決定的に確立された。この書は直ちに世を風靡した。勿論この書が示唆する引力については意見は區々であつた。それが不可解なものであつたにもかゝはらず、ロックは躊躇することなく總ての物體は相互に吸引する、即ち相互に引力を働かせるといふ立場に立つた。萬有引力の事實、物質の全粒子が、その質量の積に比例し、相互の距離の平方に逆比例する力によつて相互に引き合ふ如く、相互に向つて進む傾向があるといふ事實は爭ふ餘地のないものであつた。引力の法則は宇宙を非常に効果的に統一し、美しく秩序づけたので第十八世紀の人心を捕へた。それは明かに微粒子間の同樣の力の存在を暗示するものであつた。何故なら、二の惑星が相互に引き合ふのであればそれを構成する微粒子も又相互に引き合はねばならないから。併し引力を働かす物體が顯示すると思はれる牽引する力は引力作用そのものほどに歡迎されず、受入れられるのに相當手間どつた。

引力は採用された。ガリヴァが「魔法使の島」グラブダブドリッブに到着した時、酋長はアリストテレスの亡靈を呼び出した。このものものしい人物は當時學者が熱中してゐた引力の概念は一時の流行であり、終局には消滅するものだと豫言した。『ガリヴァ旅行記』が刊行された一七二六年、ニュートンの死ぬ一年前、引力、斥力は流行り出してゐた。アイザック・ニュートン卿自身は遠隔に働く力は認めず、常に表面上の引力作用は或る未知の作用力の存在を明かにしてゐると主張した。

遠隔に於ける表面上の引力作用はデカルト學派によつては細微質料或は同樣の作用力によつて說明された。例へばロハールは摩擦された琥珀に綿毛が飛び付くことを說明した。フックは一六六七年以後、アイザック・ニュートン卿が云つてゐる如く、デカルト其他から「エーテル的媒介物」を借りて來て、光はエーテルを通じての波動の傳播であると假定してゐる。ホイヘンスは少し後に光の傳達に特殊な媒介物中の粒子の特殊な群を選定した。ホイヘンスは一六七八年その『光論』其の他を傳授し、一六九〇年刊行した。空氣が音を運ぶと全く同じやうに光を運ぶと想像されてゐた光を傳へるエーテルは廣い支持を得るためには第十九世紀初期のヤングを待たねばならなかつた。第十八世紀にはニュートンに從つて光は常に微小粒子の速い流れと見做されてゐたため、光を傳へるエーテルは廣く採用されなかつた。アイザック・ニュートン卿は一六七九年ボイルへの手紙に假說的エーテル機構を、そして『光學』の最後の質問の中でその單純化された形を示唆してゐる。

ニュートン流のエーテルは最初表面上の遠隔に働く引力、斥力を「牽引」又は「壓」に歸さうとするものであつた。重力に作用される物體又は近づき或は遠ざかりつゝある粒子はエーテル的媒介物によつて壓し合され壓し離されるのであつた。ニュートンは又彼の考へてゐるエーテルは熱を空間に傳播させ、光に道をつけ光の粒子の運動を熱の渦動に變ぜしめるといふことを暗示してゐる。かくてニュートンのエーテルには餘りに多く任務が課せられて、そのどれをも遂行するに適してゐると云へなくなつた。引力又は引力、斥力のエーテル的機構を考へることに内在する思辨上の諸困難はそれ自身十分に重大なものであつた。一八〇二年エディンバラ・レビューがヤングは本氣でエーテルを物理に導入して單なる推測を眞正の意見と間違へたと讀者に警告してゐる。アイザック・ニュートン卿は「その獨自のエーテル媒介物の全假說」を「單なる推測として」「七つの質疑」の中に分離して、彼のもつと歸納的な研究と區別してゐる。アイザック・ニュートン卿は彼のエーテルに愛着を持つてゐたらしいがそれは推察されたものにすぎぬと觀てゐたが、エディンバラ・レビューが後に取り上げたよりももつと本氣で取り上げられたことが多い。例へば一七四三年にブライアン・ロビンソンは「その存在については何等疑ひの餘地なし」と確言した。一七三〇年頃ステフン・ヘイルスが「空氣」の粒子の引力、斥力を論じた時ニュートン流のエーテルを忘れなかつた。併し説明からは除外された。一つのエーテルはそれを動かす他のエーテルを必要とし、若し力によつて作用されることがなかつたなら、この樣にして無限に續くのであり、又力がエーテルに働くものとすれば、力を説明するためにエーテルを導入することは冗なことであつた。特別のエーテルは第十八世紀に於て常に冗な思辨的贅澤品になつた。何故なら、熱も、光も、電流もフロヂストン（燃素）も普通夫々の粒子をもつて居り、この粒子はそれ自身引斥力をもつてゐるのであつた。エーテルは前記の如き又其他の力を作り出すに適しないので、吸引及斥除は比喩的要目なものであるとしても、終局物として受入れられた。併しニュートン流のエーテルは恐らく遠隔に働く力を養育し世間のお氣に入にするに役立つた。エーテル機構はしぶつてゐる心を力に親しましめ、丁度乳母が成長した子供を殘して去つて行くごとく、エーテルは今や完く親まれて居り、自己の説明力の上に獨り立ちの出來る力を殘して去つたのである。

重力に作用される物體に現はれる引力を大なる物體から微小粒子にまで簡單に擴張することは出來なかつた。物體の構成粒子に擇り好みがある。膽礬は銅と硫酸との化合物と看做された。膽礬の溶液中に鐵片を挿入するとそのまはりに銅が沈澱する。アイザック・ニュートン卿は鐵の硫酸に對する引力或は化學的親和力は銅よりも大きいと云つてゐる。かくて鐵が銅を追ひ出しその位置を占めたから銅が鐵片の上に沈澱するのである。同樣の粒子の相互作用にある擇り好みする引力は化學に於て屢々見られるのである。かくの如き擇り好みする親和力、即ち化學者がニュートンに倣つて長く叫んでゐた選擇引力は價値のある概念であつて、化學は今尙種々の元素の原子間の親和力の程度の差を認めてゐるが、エーテル機構に重い課題を課したことになる。（此章未完）

× × ×

× × ×

雨季

岡本潤

　連日連夜、雨が降つてゐた。空は時たまわづかに霽れまを見せることはあつたが、それも幾時間とはつゞかず、陽射しは翳り、瞼のうへまで押しかぶさつてくるやうな、重い、どんよりとした雨雲に蔽はれる。霧のやうに微細なやつが散つてゐるかと思ふと、忽ち底をぶち抜いたやうなやつが、ざあッとやつて來たりした。そんなやつは爽快ともいへるが、不愉快なのは、ひつきりなしにびしよびしよ降りつゞける霖雨といふやつだ。暦のうへでの梅雨季はもう過ぎてゐるのに、壯烈な雷もやつてこず、じめじめした日ばかりつゞいた、疊も、襖も、着物も、本も、人間の皮膚も、すべてしめつぽく、黴くさく、鬱陶しい。こんな日がいつまでもつゞいたんぢや、田畑の作物も駄目だらうし、腦味噌だつて腐つてしまふ。

　その日も朝から陽《ひ》の目を見ず、びしよびしよびしよびしよ降りつゞけてゐた。夕暮れがいつ來たともしれず、夕暮れになつてゐた。僕は例によつて、ちび下駄をひつかけ、骨の折れた蝙蝠傘をさして、驛前の通りの方へ餌《えさ》をもとめに出かけた。僕のゆく道の片側は、棘のある針金を張つた木柵がつらなり、そのむかう一帶は驛の構内になつてゐた。幾條も幾條ものレールが雨にぬれて光り、あつちこつちで機關車が喘ぐやうに煙を吐いてゐた。ごろごろ蠢いてゐる貨車もあり、寂然と雨ざらしになつてゐる貨車もあつた。それらは、檻につながれた物言はぬ動物の様にも見えた。そして、がらんとした貨物置場や、鐵塔や、シグナルや、電柱や、むかう側の倉庫の屋根などが、雜然としながら、それなりで不思議な靜けさをもつ一地帶を形成してゐるのであつた。

僕はちび下駄のゆるい鼻緒を氣にしながら、馬糞の溶けたぬかるみを歩いてゐた。すると間近かで仔猫の鳴きごゑがした。にやを、にやを、にやを……。木柵にそうて、線路寄りに雜草がしげつてゐる。悲しい鳴きごゑはその草叢からきこえてくるのだ。姿は見えない、たゞ、なんともやるせない鳴きごゑだけがきこえてくるのだ。立ちどまつてはみたが、柵のむかうへはゆけない。それにだいいち、仔猫一匹がなんだ！

食事時の驛前の安食堂では、抑へられた食慾がひしめき、ぶちまけられてゐた。給仕女たちは血眼できりきり廻つてゐた。騒音叫號の波にもまれながら、僕は一ぱいの生ビールと正體の知れぬランチを食つて出た。もとの道をもどつてくると先刻《さつき》とおなじ草叢のなかゝら、仔猫はまだあのやるせない哀號をつゞけてゐた。歩けないくらゐちひさいやつにちがひない。息もたえだえに、機關車のけたゝましい號笛にかき消されながら。――僕は芭蕉の甲子紀行をおもひだしてゐた。人類の子だつて棄てられるんだ――なんぢが性のつたなきを泣け！

書きそこなつた原稿紙の散亂する二階の部屋で、僕は締切の迫つた仕事のつゞきにかゝつた。僕の耳には、あのやるせない仔猫の鳴きごゑがこびりついてゐた。仕事ははかどらぬ。ペン軸は重い。ペン先は古い剃刀のやうにさゝくれてゐる。僕の書く字といふ字が、不愉快なしかめ面をして僕を見かへしてゐる。畜生！　僕は腹を立てゝそいつを引き破る。雨脚が早くなつて來た。仔猫のやつめ、死んだかな。こだわるな、たかゞ一匹の仔猫がなんだ！　いま此の瞬間、何處かではかぞへきれぬ多量の人間の肉體が破碎し、生命がけし飛んでゐる。散亂する肉片や骨片や毛髪が雨にさらされてゐる。爆音をたてゝ地球が廻つてゐる。鳴りとゞろく世紀の歌だ。誰かがカン高い聲で演説をしてゐる。諸君！　諸君！……

——ところで、おれの仕事とは何か？　おれが一日に三度めしを食らつて生きてゐるといふことは何か？　おれは鏡を取つて見る。鏡のなかには、おれの極度に輕蔑する奴の顔が映つてゐる。……………

雨が機關銃のやうな音をたてゝトタン屋根をたゝき、窓ガラスにしぶきかかつた。追つ立てられるやうに、僕は部屋を出た。ちび下駄をひつかけ、骨の折れた蝙蝠傘をさして、どしや降りのなかへ行つた。

驛の構内には白つぽい濛氣が立ちこめ、電燈の光が夜色ににじんでゐた。機關車のヘッド・ライトが、フィルムのやうに走る雨の斜線を映出してゐた。仔猫のこゑはもう何處にもきこえない。雨を衝いて構内へはひつてきた長い貨物列車が、ごうごうごうごう走りつゞいてゐた。

吹雪の中の蝶

壺井繁治

吹雪が
わが窓ガラスをたたく
吹雪のなかを
蝶の飛ぶを見た

凄まじい吹雪に包まれて
その蝶は何處へ行つたやら

眞夏の夜の夢のなかで見た蝶の
なんと美しかつたことぞ

僕はそのまま夢みつづけたかつた
目を覺ますと、僕は喪章で飾られてゐた

あの世

池田克己

夕方
千切つた炎のやうな雲が視界を埋めた。
黒い鐵塔の列も、
巨大な建物も、
濁つた流れも、
杳かのガスの内がはに沈み。
獨り
天上の捕へがたないものたちが、
この世の跳梁を恣にした。
この凄じい色彩の涯には

ガラガラに壞れた彈痕が殘つてゐたが
思考はすでにバツタリ膝を折つた。
（ダマスト鋼の薔薇模樣も、ベンゾール液中の電氣繪も、それが光りを捕へるひとゝきに、そこから人生は固く拒否されてゐた。）
枯れ亂れた雜草や、
灰いろの鳥、
人間の蒼ざめた頰など、
今はたゞ
赤一色に染み
われわれはゾッとする身震ひで
たゞ强力に、あの世の方へ引づられる。
けれどこの時
私の姿など
もはや快樂の相をさへ帶びてゐるのに、
私は更に愕く。

地獄の機械

——戯曲

ジャン・コクトウ作
中野秀人譯

第三幕

聲

結婚の夜。

即位式と結婚式とは夜明けから打續いた。女王とスフィンクスの征服者へとの群集の喝采が、やつと終りを告げたところである。

人々は家路につく。御殿の小さい廣場で、噴水の微かな囁きが聞えるばかり。エディポスとジョカスタは漸く婚姻の部屋で二人だけになる。彼等は疲れきつて、眠りこけてゐる。彼等の宿命に關する多少の暗示や留意にもかかはらず、眠りが彼等を永遠に捉へんとする罠を氣づかしめない。

舞臺は、街なかの肉屋の店のやうに眞赤なジョカスタの寢室を示す。白い羽蒲團をかけた大きなベッド。ベッドの脚下には動物の毛皮、その右側には搖籃が置いてある。

舞臺右前景には、格子の張出窓があり、テオベの廣場を見下ろしてゐる。舞臺左前景には、等身の動く鏡。

エディポスとジョカスタは即位式の衣裳をつけ、幕があがつたときから、極端に疲れてゐてそろそろと動作する。

ジョカスタ　ふう！　すつかり參つてしまつた！　でも、あなた、元氣ね！　あたし、あなたに心配なの。この部屋は檻、牢屋になつてしまひさうです。

エディポス　わたしの大事な女《ひと》！　匂ふ寢室、女の寢部屋、あなたの！　今日の殺人的儀式がすんでしまへば、あの催事も、まだ吾々の窓下にきて、喧噪を續けてゐる群集も……

ジョカスタ　われわれにではありません……あなたに、ですよ。

エディポス　同じことだ。

ジョカスタ　あなたはお變りになつちや駄目よ、若い征服者樣。みんな私を憎んでゐるのです。彼等にしてみれば私の着物も、私の發音も、それから睫毛の黑い墨も、紅も、私が生き生きしてゐる點も、みんな當惑の種なんです！

エディポス　彼等を當惑させてゐるのはクレオンです！冷たい、固い、非人間的なクレオン！　私が再びあなたの星を揚がらせてみせますよ。あゝ！　ジョカスタ！なんて素晴しい計畫だらう！

ジョカスタ　本當に宜い時に來て下さつた。あたしは、もう我慢出來ないところでしたわ。

エディポス　あなたの部屋が牢屋ですつて！　あなたの部屋が、まあ……そして吾々の寢床。

ジョカスタ　あなた、搖籠をわきにやりませうか？　子供が死んでから、あたしはそれが側にないと、眠れなかつたので……あんまり寂くて……だがいまは……

エディポス　（不明確に）だがいまは……

ジョカスタ　なに？

エディポス　あのね、つまり……つまり……彼ですよ……彼……犬……私はね……その犬がどうしても……犬……その萬年犬……（首が前にのめる）

ジョカスタ　エディポス！　エディポス！

エディポス　（目を覺まし、びつくりする）え！

ジョカスタ　あなたは、眠りこけてるじやないの、まあ！

エディポス　わたしが？　とんでもない。

ジョカスタ　本當よ、あなた、いま話してゐられたのは、犬がどうしても……その萬年犬がどうしたの？　そしてあたしは聞いてゐたんですよ。（彼女は笑ひ、自分も半ば朦朧としてくる）

エディポス　馬鹿らしい！

ジョカスタ　もしも氣になつたら、搖籠をどかしませうかつて、あたし、あなたに尋ねてゐたところですよ。

エディポス　わたしが、子供ではあるまいし、この綺麗なモスリンの幽靈を怖がるとでもいふのですか？　それどころか、これこそ私の幸運の搖籠ですよ。吾々の愛とともに、そのなかでわたしの運が生長し、やがてはわたし達の最初の息子のために役に立たうといふものです。ねそんなものでせう！……

ジョカスタ　まあ、あなた……あなたは疲れて倒れさうですよ。そして、われわれはこゝに立つてゐる……（エデイポスと同じやうなことをやつてゐる）……この壁の上に立つてゐる……
エディポス　何の壁です？
ジョカスタ　この城壁。（びつくりする）壁……え？　あたし……あた……（うろたへて）何が起きるんです？
エディポス　（笑ひながら）ほう、こんどはあなたが夢をみてるんですね、スヰート・ハート、吾々は疲れきつてゐますよ。
ジョカスタ　あたしは眠つてゐた？　なにか話をしましたか？
エディポス　まつたく、好一對ですね！　わたしが萬年犬の話をしてゐるかと思ふと、あなたが城壁のことなんか話しだす。これは吾々の結婚の當夜ですよ！　ねえ、ジョカスタ、もしもわたしが再び眠りはじめたなら（聞いてゐるんですか？）どうか、起して下さい。で、もしあなたが眠つたなら、同じことをしますよ。今夜だけは、どうあつても、眠りこけてはゐられませんよ。それでは悲し過ぎますからね。
ジョカスタ　まあ、あなたの氣狂ひ屋さん、どうして？　まだ、一生があるんじやありませんか。
エディポス　さうかも知れません。だが、ただあなたとだけになつて、この喜ばしい一夜を過ごすことの出來る奇蹟を、眠つて壞したくないのです。どうでせう、この重苦しい衣裳を脱ぎ捨てようじやありせせんか、もう誰も來る氣づかひはないのだし……
ジョカスタ　ねえ、あたしの可愛い坊つちやん、あなたは憤るかも知れないけれど……
エディポス　ジョカスタ、まさかまだ、役目の儀式が殘つてゐるなぞと言ふんじやないだらうね。
ジョカスタ　女達があたしの髮を直してゐる間に、あなたは儀禮として一寸、訪問を受けて下さらなければ。
エディポス　訪問？　この時間に？
ジョカスタ　訪問……訪問……ほんの形式的な訪問。
エディポス　この部屋で？
ジョカスタ　この部屋で。
エディポス　誰から？
ジョカスタ　憤つちや駄目、テイレジヤからよ。
エディポス　テイレジヤ？　嫌です！
ジョカスタ　ねえ、あなた……
エディポス　それは我慢が出來ません！　吾々を別れさせようとしてゐる親類の側に立つてゐるテイレジヤが、なんて滑稽なんだ！　わたしは拒絕しますよ。
ジョカスタ　あなた、ねえ、お願ひだからよ。テオベでは宮中の結婚式には、一番の高僧が立會つて祝福するのが慣例になつてるのですよ。それに、テイレジヤは、叔父さんではあるし、われわれの番犬なんですもの。あたしあの人好きですわ。エデイポス、ルイスだつて尊敬してゐましたし、もう殆ど盲よ。もしあなたが彼の感情を害してわれわれの愛に反對の立場をとらせたら、あたし殘念だと思ひますわ。

エデイポス　全く結構ですね……夜中になつてから……

ジヨカスタ　ね、會つて、われわれの爲に、未來の爲に、それは大事なの。五分間でいゝから、會つて、言ふことを聞いてやつてよ。あたしお願ひするわ。（彼に接吻する）

エデイポス　わたしは警告をして置きますがね、座らせやしませんよ。

ジヨカスタ　あたしあなたを愛してるわ。（長い接吻）すぐに來ますからね、（右側の出口で）あたし、彼に來ても宜いつて知らせてきます。我慢してね、あたしのためにやつて下さい。あたしのこと考へて。（退場）

エデイポス、ひとり、鏡に向つて身繕ひする。テイレジヤ、こつそりと、左からは入つて來る。エデイポス、彼を部屋の中央に認め、廻れ右をする。

エデイポス　聞いてゐますよ。

テイレジヤ　お靜かに、君主様。誰か、あなたの爲に、私が特別のお説教を申し上げるとでも申しましたか？

エデイポス　いや、誰も、テイレジヤ、誰も。だが、あなたは人の喜びを邪魔するのを樂しい仕事とはお思ひになりますまい。あなたは、私があなたの御忠告を受け容れたふりをする事を、お待ちになつてゐるのでせう。私は敬意を表しますよ、だから私に授與して下さい。吾々は疲れてゐるんだから、それで充分じやありませんか。さうすれば同時に慣習も救はれる。私の推察は異ひましたかな？

テイレジヤ　それは、この手續の底に慣例があつた方が正しいのです。だがそれには、あらゆる王朝の、形式的なまつたくやゝこしい末節をも守つて、宮中の結婚を結ぶといふことが必要になつてくるのです。いや、君主樣、思ひもかけぬ出來事が、新しい問題と新しい義務とを含んで、立ち現れてくるのです。あなたの即位も、あなたの結婚も、まつたく類型のない、どの公式にも當嵌らないものだといふことは、お認めになるでせう。

エデイポス　私が、屋根から落ちた瓦のやうに、テオベに乘し懸つてきたことを、もつと體裁よくは誰にも表現出來ないでせう。

テイレジヤ　君主様！

エデイポス　では、あなたは、類例になるやうなことは死の臭ひがするといふことを辨へて下さい。別な方面を探すのです、テイレジヤ、分類をお捨てなさい。そら、傑作と英雄との現れがある。獨創、それこそ驚異と君臨とを司るものです。

テイレジヤ　よろしい！　それなら、私は儀式的なことを離れて、この問題を取上げたのだから、自分で新しい方向を探しあててゐるのだと、あなたにも考へて下さらねばなりません。

エディポス　要點を、テイレジヤ、要點を。

テイレジヤ　さう。それなら眞直ぐに、なにもかも明らさまに申上げませう。君主様、あなたの占ひはまつ暗ですぞ。なにもかもまつ暗、身邊を警戒なさつた方がよろしい。

エディポス　ほう、私がそれを豫期しないとでも言ふのか！　何も驚くやうなことはない。託宣が、そんなことを言ひ出して、私が元氣一杯にそれをひつくり返してしまつたのは、これが始めてじやない。

テイレジヤ　あなたは、それを、ひつへり返してしまふことが出來るとお考へになりますか？

エディポス　私がなによりの生きた證據だ。それに、假に私の結婚が神様を怒らせたとしたところで、あなた方の契約は、街を自由にしてやることは、スフィンクスの死は、どうなるのです？　もしもこの結婚が神様のお氣に召さないとするなら、どうして、神様が、私をわざわざ遠くこの部屋まで押しやつておしまひになつたのです？

テイレジヤ　あなたは、一分間にして自由意志といふやうな問題を解くことが出來るとお思ひですか？　あゝ！　權力、どうも、それがあなたの頭に上つてゆくのです。

エディポス　そして、權力があなたから辷り落ちてゆく。

テイレジヤ　御注意なさい！　あなたは第一の高僧に話してゐられるのですぞ。

エディポス　御自分こそ注意なさい、高僧、私は、あなたがあなたの王に話してゐられるのを、思ひ出して戴かなければなりませんかね。

テイレジヤ　わが女王の夫に、君主様。

エディポス　ジョカスタが、ほんの少し前に、彼女の權力はすべて私の手のなかに移されるんだといふことを言つてゐましたよ。さうあなたの御主人にお告げなさい。

テイレジヤ　私は神にのみ任へます。

エディポス　うん、まあさういふ工合に言ひたかつたら、あなたの戻つてくるのを待つてゐるその人に、そのことを告げなさい。

テイレジヤ　强情な若者！　あなたには私が少しも判らないんだ。

エディポス　よく判つてゐます。一人の冒險家があなたの邪魔をしてゐます。あなたは、私がスフィンクスを見つけたんだとお思ひになりたくないのです。本當の征服者がそれを私に賣つたに異ひない、狩獵家が店から兎を買つてくるやうな工合にね。で、私がその死骸をお金で貰つてきたとして、あなたはスフィンクスの征服者として最後に誰を發見なさいますか？　絶えずあなたを脅し、クレオンを眠らせないでゐたところの、その同じ型の人物をでせう。即ち、群集が喜び勇んで迎へるであらうところの氣の毒な第二流どころの兵隊、彼はその報償を要求します……（叫ぶ）彼の報償だ！

テイレジヤ　彼にそんなことは出來ない。

エディポス　ほうら、ね、とうとう白狀させてやつた！　それが密謀の筋書なんだ。甘い約束を竝べて置いて、さて、さういふふうに目ろんでゐたんだ。

テイレジヤ　女王は、自分の娘よりも、もつと大切だ。私は彼女を見張り、彼女を護つてやらねばならんのだ。弱くて、瞞され易くて、ロマンティックな彼女……

エディポス　それは侮辱です。

テイレジヤ　私は彼女を愛してゐます。

エディポス　彼女は、私の愛以外には必要ではありません。

テイレジヤ　その愛については、エディポス、私はあなたの説明を求めなければなりません。あなたは女王を愛してゐますか？

エディポス　全身をもつて。

テイレジヤ　私の言ふのは、あなたの腕のなかに抱くといふ意味で、彼女を愛されるのですか？

エディポス　私はむしろ、彼女の腕のなかに抱かれたいほど、愛してゐるのです。

テイレジヤ　なるほど、その纖細な區別は判りました。あなたは若い、エディポス、全く若い。ジョカスタはあなたのお母さんであつてもよい。ええ、知つてますよ！あなたが、何と答へようとしてゐられるか……

エディポス　私は、いつでもそのやうな愛を、ほとんど母のやうな愛を夢みてゐたといふことを、答へようとしてゐた。

テイレジヤ　エディポス、あなたは、愛と榮譽の愛とを混同してゐて、ゐられるのではありませんか？　もし彼女が王位についてゐなかつたとしても、あなたはジョカスタを愛しますか？

エディポス　いつも同じ馬鹿らしい質問。もしも私が歳取つてゐて、醜くくて、未知の世界から立ち現れたんでなくつても、ジョカスタは私を愛したでせうか？　あなたは紫衣や黄金に觸れては愛に感染することが出來ないと考へるのですか？　あなたが話されるその特權こそ、ジョカスタの支柱でもあり、肉體的一部分でもあるのではないのですか？　吾々は、永遠を通じて結び合はされてゐたのです。彼女の肉體のなかに紫の外衣が幾枚もたゝみ重ねられてゐるので、それこそ現實に彼女の肩を覆ふてゐるところのものよりもより合法的なのだ。私は彼女を愛し且つ崇める。テイレジヤ、彼女の側こそ遂に私は私の居るべきところを發見したのだ。彼女は私の妻で、私の女王だ。私は彼女を所有し、わがものとし、いつだつて離しはしない。お祈りであれ、脅しであれ、私が何處だが知らん天から授かつた下命に從ふのを、妨げることは絕對に出來ない。

テイレジヤ　も一度考へ直して御覽、エディポス。前兆と言ひ、私の判斷と言ひ、この亂暴な結婚を怖るべきあらゆる理由があるのです。も一度考へ直して。

エディポス　むしろ遲過ぎる。さうは思はれませんか？

テイレジヤ　あなたは御婦人の經驗がありますか？

エディポス　ほんの僅かばかりも、ない。この上あなたを驚かせて、あなたの前で私を滑稽にしてお目にかけるなら、私は童貞です。

テイレジヤ　あなたが！

エディポス　王都の高僧は、田舍出の若者が、ただ一つの結婚に誇りをかけて、貞操を守つてきたので驚いて居られる。勿論、あなたは頹廢した王子、木偶坊の方がお望みでせうが、さうすればクレオンも坊さん達も網を張れるといふもので。

テイレジヤ　それはお言葉が過ぎはしませんか！

エディポス　私はも一度あなたに命令しなければ……

テイレジヤ　命令？　得意になつて、氣でも狂つたのですか？

エディポス　私を憤らせると、えらいことになりますぞ！　我慢にもほどがある。氣はいたつて短いんだから、どんなことでもしかねませんよ。

テイレジヤ　なんといふ橫柄さだ！　弱くつて、しかも橫柄！

エディポス　それはお前のことじやないか。（テイレジヤに飛びかゝつて、その喉を押へる）

テイレジヤ　放して……あなたは恥を知らないのですか？

……

エディポス　お前は、わたしが、お前の頭から、ほら、ほら、締めつけて、お前の見えない眼から、お前の行動の裏を讀みとつてしまやしないかと怖れてゐるのだ。

テイレジヤ　人殺し！　瀆聖罪！

エディポス　人殺し？　やるかも知れん……何日かは……

私はこの馬鹿げた遠慮を後悔するに相違ない。だが、もしやれば……おゝ！　おゝ！　どうしたんだ！　おやおや……こゝに……彼の盲の眼のなかに、私はそんなことがあり得るとは思はなかつた。

テイレジヤ　放して！　獸！

エディポス　未來！　わたしの未來が、水晶の球に寫したやうに。

テイレジヤ　あなたは後悔する……

エディポス　判つた、判つた……占者、お前は嘘をついたのだ！　わたしはジョカスタと結婚する……幸福な生活富、繁榮、二人の息子……娘……しかもジョカスタは尙美しく、同じ愛のまゝ、幸福の御殿の母として……だがいま明瞭ではなくなつてきた、はつきりしない。も一度見たいんだ！　お前が悪いんだ、占者……見せてくれ！

（テイレジヤを振り動かす）

テイレジヤ　呪つてやるぞ！

エディポス　（突然跳び退き、テイレジヤを放して、兩眼を手で押へながら）おゝ！　なんて汚ならしい奴だ！　眼が見えない。なにか胡椒を投げ込んだんだ。ジョカスタ！　助けて！　助けて！……

テイレジヤ　わたしは、誓つて、何も投げやしない。あなたは瀆聖罪で罰せられたのだ。

エディポス　（床の上で藻掻きながら）嘘つき！

テイレジヤ　あなたは暴力で、私の病んだ眼のなかの秘密を、しかもまだ私さへが解説を試みないところのものを讀み取らうとしたのです。それで罰せられたんだ。

エディポス　水、水、早く、まるで燒けつくやうだ……

テイレジヤ　（エディポスの頭の上に手を置いて）そら、そら……溫なしくなさい……もう許して上げました。あなたは神經がたかぶつてゐる。ね、靜かにして、眼は、きつと、見えるやうになりますよ。神樣がまだ暗がりのなかに藏つてお置きになりたかつたものを、あなたが覗かうとされたんですよ、それともあなたが厚かまし過ぎるのでお罰しになつたのかも知れません。

エディポス　いくらか見えてきた……そんな氣がする。

テイレジヤ　痛みますか？

エディポス　よほどいゝ……痛みはなくなりかけてゐる。あゝ！……まるで火のやうだつた。赤い胡椒、何千といふ針先、猫の爪で眼のなかを引搔き廻はされてゐるやうだつた。ありがとう……

テイレジヤ　見えますか？

エディポス　そんなにはつきりでない、だが見えてきた、見える。ふう！　わたしはこれで盲になるんだと思つたよ、それもあなた方の計略の一つでね。おまけに、それが當然かも知れんので……

テイレジヤ　奇蹟が好ましい場合には奇蹟を信じ、さうでないと信じないばかりか、占者の側の計略にしてしまふとは、都合のいゝ考へですね。

エデイポス　いや、濟まなかつた。私は、亂暴な、突懸りたいやうな氣持でゐたのだ。私はジョカスタを愛してゐる。私は彼女を待ちかねてゐたのだ。ところこの途轍もない現象、あなたの眼の瞳孔の中に現れた未來の諸相、それが私を呪縛してしまつたのです、私は眼が暗んでしまつて――まるで醉拂つてしまつた。

テイレジヤ　いまはいくらかよく見えますか？　お尋ねしてゐる私が殆ど盲目です。

エデイポス　よく見えます、それに痛みは失くなつた。あゝ、私は、お弱い老人でしかも僧侶の方に對して、私のしたことを愧ぢ入つてゐます。私のお詫びを聞き入れて下さいますか？

テイレジヤ　私はただ、あなたとジョカスタの爲を思つて言つてゐたのですよ。

エデイポス　テイレジヤ、私は私で何かお返ししなければ氣が濟まないのだが、それは一寸難しい、誰にも言ふまいと固く秘めてゐた告白なんだが。

テイレジヤ　告白？

エデイポス　私は、即位式の最中、あなたとクレオンとが互に眼くばせしてゐられたのを知つてゐます。いや、隱しなさんな。で、私は私の身柄を秘密にして置かうと思つたのだが、もうやめました。よく聞きなさいテイレジヤ、わたしは放浪者じやない、コリントから來たのだ。わたしは王ポリビユスと女王メロープとの一人息子なのだ。誰も私達の結婚の床を汚すものはない。私は王なんだ、そして王の息子。

テイレジヤ　君主樣。（おじぎをする）あなたのお言葉であなたの匿名によつて釀されてゐた不安の空氣は一掃されました。私の可愛い娘はさぞ喜ぶでせう……

エデイポス　だが待ちなさい、今晩だけは秘密にして置いて戴きたいのだ。ジョカスタは、まだ私が雲のなかから落つこつてきた放浪者で、暗がりから突然跳び出してきた若者だと思つて、私を愛してゐます。殘念ながら、この蜃氣樓は、明日になつて壞しても造作のないことなのだ。いまのところ、女王が、エデイポスは空から落つこつて來た王子ではなく、ただの王子だといふことを知つても、落膽しないだけのことにして置きたいのだ。だから、お休みなさい、テイレジヤ。ジョカスタは戻つてきますよ。私は疲れて倒れさうだ……お互に親しくしてゆきませう。それが私の願ひだ。

テイレジヤ　君主様、では御免下さい。（エディポスは彼に手を振る、ティレジヤ左手出口に停る）最後に一言。

エディポス　（尊大に）何ですか？

テイレジヤ　無躾なことを申し上げてお許し下さい。今晩お寺が閉つてから、一人の若い美しい娘が、私の專用の禮拜堂にやつてきて、言譯もせず、私にこの帶を渡しながら言ひました。「これをエディポス樣にやつて下さい、そして一言一言間違ひなく繰返して下さい、――この帶をお取りなさい、私がその獸を殺したときに、これを持つてくれば判る。」私がその帶を奪ひ取るやいなや、女の子は笑ひ出して見えなくなつてしまつた。どつちへ行つたか皆目判らないので。

エディポス　（その帶をひつたくつて）それが、あなたの切札だ。あなたは、私が、女王の心と頭とをしつかりと捉へてゐるのをぶち壞さうとして、すつかりすべての計畫をたててしまはれたのだ。わたしが何を知るもんですか。結婚の豫約……女の子が復讐した……お寺疑獄……告げ口する奴は……

テイレジヤ　私はただお取次をしただけ、それだけのことです。

エディポス　計算違ひの下手な政策。行きなさい……この悪い報せを全速力でクレオン王子のところに持つてゆくがよい。（テイレジヤは敷居の上に立つたまゝ）奴は、私を怖がらせる積りだつたんだ！　だが、本當のことを言はうか、わたしがテイレジヤを怖がらせてゐるんだ。お前をだ！　ほうら、お前の頭の上に一杯に書いてある。子供を恐怖させるのは生易しいことじやない、子供がお前を恐怖させてるんだ。白狀しなさい、お爺ちやん！　白狀しろ、お爺ちやん！　私がお前を怖がらせてるんだ！　すくなくとも私がお前を怖がらせてゐると白狀しろよ！

エディポスは動物の毛皮の上に面を伏せて横たはり、テイレジヤは銅像のやうにつつ立つてゐる。沈默。雷鳴る。

テイレジヤ　さうです。とても恐れてゐます。（後退りをして見えなくなる。彼の豫言的言葉のみが聞える）エディポス！　エディポス！　聞きなさい。あなたは過去の榮光を追ひ求めてゐる。だがも一つのが、薄れた榮光が運命の星に逆つてゐると稱する不適者の最後の頼みの綱なんだ。

エディポス、帶をぢつと見てゐる。ジヨカスタが寝衣を纏つてはいつてくると、彼は手早く帶を動物の皮の下に匿す。

ジヨカスタ　いかが？　あの歳取つた鬼が何と言ひましたか？　さぞ、あなたを苦しめたことでせう。

エディポス　えゝ……いや……

ジョカスタ　あの人は怪物ですよ。彼は、あなたが私には若過ぎるといふ事を證明しないではゐられないのです。

エディポス　あなたは美しい、ジョカスタ……！

ジョカスタ　……つまり私が歳を取つてゐる。

エディポス　彼の意見によると、私はあなたの眞珠だの王冠だのを愛してゐるのださうです。

ジョカスタ　いつでもぶつ壊しなんです！　なんでも駄目にしてしまつて！　有害なことばかりやつてゐる！

エディポス　だが、これだけは確です、彼は私を怖はがらせることが出來なかつたんです。反對に、私が彼を怖はがらせてやつた。彼もそれを認めましたよ。

ジョカスタ　それは大出來、よくやりましたね！　ねえ、あなた、私の眞珠や王冠だなんて！

エディポス　私は、何の飾りもなく、寶石や位階を捨てたあなたの眞白い、若い、美しい姿を、この愛の部屋で再び見る、それがどんなに幸福でせう。

ジョカスタ　若い！　エディポス！……あなたは嘘をついちやいけません……

エディポス　また！

ジョカスタ　叱つちや嫌。

エディポス　ええ、私は叱りますよ！　あなたのやうな女は、そんな馬鹿げたことに超越して居るべきじやありませんか。若い女の子の頭なんか、私が何一つ動くものとして讀みとることの出來ない白い頁のやうに退屈なものです。だが、あなたの頭！……私はむしろ創痕、宿命の入墨、嵐に曝された美の方を探りますよ。なんだつてあなたが眼のまはりの皺なんかを恐れるんです。ジョカスタ？　ただの小娘の顔付や笑顔が、あなたのその異常な容貌と較べて何だといふのです。運命に釘づけられ、絞刑吏に狙はれ、しかも優しく、優しくそして……（ジョカスタが泣いてゐるのに氣付く）ジョカスタ！　わたしの可愛い女《ひと》、あなたは泣いてるじやないか！　どうしたんです？　あゝ、何だつて……私がどうかしたの？　ジョカスタ！……

ジョカスタ　では、あたしはそんなに歳を取つて……そんなにひどく歳老いてゐるのですか？

エディポス　まあ、このわからず屋さん！　それはあなたが主張するから……

ジョカスタ　女は、それが否定されることを望んで、反對なことを言ふものです。

エディポス　わたしのジョカスタ！……なんて私は智慧が足りないんだらう！　まつたく不器用な熊も同然……ねえ……氣を直して、キッスして……わたしの積りは……

ジョカスタ　かまはないで……あたしへんなんだから（眼

を拭く）

エディポス　みんなわたしが惡いんだ。

ジョカスタ　そんなこと……ほら……夢が眠のなかにはいつてきた。（エディポス、彼女を宥める）もう濟みました。

エディポス　そら、笑つて。（微かな遠雷の音）聞える？

ジョカスタ　嵐の故で神經が昂ぶつてゐるんです。

エディポス　空は、星であんなに輝いてゐる、美しい。

ジョカスタ　さう、だが何處かに嵐を孕んでゐる。噴水が殆ど聞えない位ひの囁を續け、私の肩が痛むときには、いつでも何處かに嵐があつて、稻妻がしてゐるのです。

（張窓に倚りかゝる、夏の稻妻）

エディポス　こゝへ來なさい、早く……

ジョカスタ　エディポス！……一寸こゝへ來て。

エディポス　何です？……

ジョカスタ　衞兵……見て、もつと前に。右側の腰掛の上に、眠つてゐるでせう。あの子、綺麗じやありません？口をあんなに開けて。

エディポス　わたしが眠り方を教へてやらう。彼の開いた口のなかに水をぶつかけてやる。

ジョカスタ　エディポス！

エディポス　まあ、大膽にも女王の番をしてゐる間に眠るとは！

ジョカスタ　スフィンクスは死に、あなたが生きてゐる。ゆつくり眠らせてやりなさい！　全市みな平和に眠るがよい！　彼等一人殘らず眠るがよい！

エディポス　運の良い衞兵！

ジョカスタ　エディポス！　エディポス！　私はあなたに嫉妬を起させてやり度いんだが、これはさうじやないんです……この若い番兵は……

エディポス　では、この若い番兵が何がそんなに不思議だと言ふんです？

ジョカスタ　あの名高い夜、スフィンクスの夜、あなたが獸に遭遇してゐるときに、私はテイレジヤと共に城壁の上に忍んでゆきました。私は、一人の若い兵隊が、ルイスの幽靈を見た、そしてそのルイスが迫つてくる危險を私に警告しようとしてゐるといふ話を聞いたのです。で……つまり、その兵隊が、われわれをいま護つてゐるところの衞兵なんです。

エディポス　誰がわれわれを護つてゐるつて！……兎に角……邪魔をしないで彼を眠らせて置きなさい、親切なジョカスタ。私が自分で大丈夫あなたを護りますよ。勿論ルイスの幽靈が現れさうな氣配は微塵もないが。

ジョカスタ　殘念ながら、全然ない……で、あの子！　私は彼の肩や脚に觸つた、そしてジジに言ひ續けてゐたのです。「觸つて、觸つて」――で、つまり……彼があなたに似てゐたからです。それは本當、エディポス、ね、彼はあなたに似てゐる。

エディポス　あなたは言ふ、「この番兵はあなたのやうだつた。」だが、ジョカスタ、そのときあなたが私を知つてゐる筈はないんだ。あなたが知つたり、想像したりすることは全く不可能なことだつた……

ジョカスタ　なるほど、それはさうです。私は、私の息子が彼位ひの歳頃であらうにと言はうとしてゐたのです。（沈默）えゝ……私はこんがらかしてしまつてゐます……ただその類似が、いま急に思ひ出されたのです。（彼女はこの不安な感銘を振拂ふやうに）あなたは大事な人、あなたは好男子です、私はあなたを愛してゐます。（一寸間を置いて）エディポス！

エディポス　私の女神！

ジョカスタ　私は、あなたがあなたの勝利を、クレオンにもティレジヤにも、また誰にも告げられないのはよく判りますが（彼の首に彼女の腕を卷いて）だが私には……私にはね！

エディポス　（身を振離して）私はあなたに約束した！……だが、あの青年に關しては……

ジョカスタ　昨日のジョカスタと今日のジョカスタと一緒になりますか？　誰一人として何も知らないのに、私だけが、あなたとあなたの記憶を別つてもよい權利を持つてるのではありませんか？

エディポス　勿論。

ジョカスタ　あなたは覺えてゐます、あなたは言ひ續けました。「いゝえ、いゝえ、ジョカスタ、あとで、われわれが愛の部屋で二人きりになつた時に」――で、いま、われわれはその愛の部屋にゐるのです？……

エディポス　畜生！　忘れつこない女の手管！　その手でいつも、自分の欲しいものは手に入れるのだ。さあ、橫になつて……わたしは始めますよ。

ジョカスタ　おゝ、エディポス！　エディポス！　素的！　なんて素晴しい！　あたしは靜かにしてゐます。

　ジョカスタ、橫たはり、眼を閉ぢて動かない。エディポス、ためらつたり、揑造したり、物語を始める。嵐の氣配。

エディポス　さて、私はテオベに近づきつゝありました。私は岡をめぐつて、街の南へと山羊の道を進んでゐました。私は未來のことを、實物程は美しくありませんが、しかも非常に美しく、化粧して、侍女に圍まれて王座に座つてゐられるあなたのことを想像してゐました。私は考へた、よしんば私が怪物を殺したとして、エディポスよ、お前は約束の報酬を貰ひ受けるだけの勇氣があるか？　私は女王に近づけるだらうか？……などと心配しながら歩き續けてゐた、と突然、私は立停まらされたのです。私の動悸は激しくなつた。私は何か歌のやうなものを聞いたのです。その歌聲はこの世のものではありません。スフインクスか知らん？　私は雜嚢のなかにナイフを入れてゐました。私はナイフを懷に忍ばせて、這ひ寄りました。ときに、あなたは、臺座と鵜飾の後半が殘つてゐる、あの岡の小さい寺の廢墟を知つてゐますか？
（沈默）　ジョカスタ……ジョカスタ……眠つてゐるの？

ジョカスタ　（びつくり眼を覺ましながら）　なに？　エデイポス……

エデイポス　あなたは眠つてゐる。

ジョカスタ　そんなことはありません。

エデイホス　ええ、眠つてゐましたとも、あなたのむら氣な娘つ子！　話を強要《ねだ》つて、はじまると、聞きもしないで、中途から眠るんだから。

ジョカスタ　みんな聞きましたよ。それは間違ひです。あなたは山羊の道のことを話してゐました。

エデイポス　山羊の道はとつくに過ぎてしまひましたよ！

ジョカスタ　憤つちや嫌、ね。あなた憤つてるの？……

エデイホス　わたしが？

ジョカスタ　ええ、あなたは憤つてます、でも當り前だわ。なんてあたしはお馬鹿さんなんでせう！　それは歳のせいですわ。

エデイポス　悲しいことを言ひなさんな。また始めから話をやり直しますよ、約束、だがあなたも私も竝んでひと眠りしなくては駄目ですよ。さうすれば、なにもかも妨げてゐるこの眠りの誘惑を、きれいに一掃することが出來ますよ。最初に眼を覺ましたものが相手を起す、さうしませう。

ジョカスタ　ええ、約束しました。女王樣は、前後の聽集にはさまつて、座りながら、ほんの一分間眠ることを心得てゐられます。だが、手を貸して。あたしは歳を取り過ぎてゐる、テイレジヤの言ふとほりですわ。

エデイポス　多分、十三で女の子が結婚出來るテオべではね。で、わたしはどうなんです？　老人なんですか？　わたしの頭はのめり込む、わたしは顎が胸に當るので眼が覺めるのです。

ジョカスタ　あなたが？　それは全く別です、それはよく言ふ睡魔といふやつです！　だが、あたしのは……あなたが世界で一番素晴しい物語を私に聞かせ始めると、私はそのまま爐のそばのお祖母《ばあ》ちやんのやうに、眠りこくつてしまつたのです。で、あなたはきつと、もう二度と繰返へさないといつて、なにかと口實をみつけて、私をお罰しになるでせう……あたし何か話して？

エデイポス　話す？　いゑ、わたしはあなたが熱心に聞いてゐられるのだと思つた。惡い娘《こ》、あなたは眠つてゐられる間に、何か話しては惡いやうな秘密を、饒舌りはしないかと心配してゐられるのですか。

ジヨカスタ　あたしは、ただ、われわれが眠つてよく饒舌るあの馬鹿らしい寢言を氣にしただけですよ。

エデイポス　あなたはぐつすりと休んでゐられました。お休み、小さい女王さん。

ジヨカスタ　お休みなさい、あなた、あたしの王様。

手に手を取つて、並んで、眼を閉ぢる。睡魔と鬪ふ人のやうに深い眠りに落ちる。間。噴水の私語。徴かな遠雷、突然稲妻は夢のなかの光彩と化す。エデイポスの夢。動物の毛皮が押し上げられ、アニバスの頭が現れる。彼は差し伸ばした手の端に帶を握つてゐる。エデイポス寢返りを打ち、仰向く。

アニバス　（ゆつくりと嘲る聲で）私の不幸な子供時代のお蔭で、私はテオベの愚民共とは比較にならないやうな勉强をしたのだ。この單純頭の怪物が、コリントの一番の學者達の弟子と出喰はすとは夢にも知らないだらう。だが、お前がもしもへんな手品でも使ふと、首根子を摑んで引ずり廻すぞ。（怒號に變る）髮を摑んで引ずり廻してやる、引ずり廻すぞ、血反吐を吐くまで離しやしない！……血反吐を吐くまで引ずり廻してやる！……

ジヨカスタ　（夢の中で）いけません、その糊は、汚い糊！

エデイポス　（遠い、蔽はれた聲で）わたしは五十まで數へるぞ。一、二、三、四、八、七、九、十、十、十一、十四、五、二、四、七、十五、十五、十五、十五、三、四……

アニバス　アニバスは跳びかゝります。狼のやうな口を開けます！（舞臺の下に消える。動物の毛皮はもとのまゝ殘る）

エデイポス　助けて！　助けて！　助けて！　誰か來て！　早く！　みんな！

ジヨカスタ　え？　何です？　エデイポス、あなた！　あたしは土塊のやうに眠りこけてゐた！　起きなさい！（エデイポスを搖り動かす）

エデイポス　（身を藻搔き、スフィンクスに向つて）おゝ！　御婦人、御婦人！　御慈悲、御婦人！　いけません！　いけません！　いけません！　御婦人！

ジヨカスタ　あたしの秘藏子、びつくりさせちや嫌。夢ですよ。これ、あたしよ、ジヨカスタ、あなたの妻、ジヨカスタ。

エデイポス　いけません、いけません！（眼覺める）これ

は何處だ？　何て恐ろしい！　ジョカスタ、あなたです
ね……なんて惡夢だ、なんて恐ろしい惡夢だ！
ジョカスタ　そら、そら、もう濟みました。これはわれわ
れの部屋ですよ、ね、あたしの腕のなかで……

エデイポス　何か見ましたか？　まあ、何て私は間拔けな
んでせう……この動物の皮の故ですよ……ふう！　何か
饒舌りましたね、私何か饒舌つたでせう？

エデイポス　こんどはあなたの番です。あなた叫んでゐま
したよ。「御婦人！　いけません、いけません、御婦人！
いけません、御婦人、御慈悲、御婦人！」――いつたい
その惡い女は誰です？

ジョカスタ　いまは忘れてしまひました。何て夜だ！

エデイポス　だがあたしから言へば、あなたが叫んだので
とても怖ろしい惡夢から救はれたのです。御覽なさい！
あなたは全身びつしより、汗で濡れてしまつてゐます。

ジョカスタ　あたしが惡いんです、その重い着物のまゝ、金鎖や、ト
メ金や、あなたの踵に喰込む草鞋ばきのまゝ、あなたを
寢かせたからです……（彼女は彼を抱き起し、後に倒れ
る）さあさあ！　なんて大きな赤ちゃん！　このまゝじ
や駄目ですよ。重くしちゃ嫌、手傳つて……（起して、
着物を引張り、脫がせる）

エデイポス　（まだぼんやりとして）さう、あなた、良い
お母さん……

ジョカスタ　（嘲弄して）「さう、あなた、良いお母さん」
なんて子だ！　こんどはあたしをお母さんにしてしまつ
た。

エテイポス　（覺める）おゝ、濟まない、ジョカスタ、ね
え、わたしはどうかしてるよ。夢うつゝで何もかもごつ
ちやになつてしまつたんだ。わたしは、いつもわたしの
ことを、冷た過ぎるとか熱過ぎるとかいつて心配して呉
れたお母さんと一緒に、まるで別世界に行つてゐたので
す。あなた憤ります？

ジョカスタ　馬鹿な子！　さ、寢かしてあげますから、寢
なさい。始終辯解ばかりして、許しを乞ふてゐる。ほん
とうにね、なんて叮嚀な若者！　彼は、とても、とても
親切なお母さんに大事にされてゐたに相違ない、だが寢
みなさい、寢てみんな忘れてしまふのです。あたし、不
平言ふことなんかありやしない。あたしは、あなたを可
愛がり、あなたを大事にし、あなたを私のところに、わ
れわれのところに齎したそのお母さんの愛で、女の全身
の暖さで、あなたを愛します。

エデイポス　好き。

ジョカスタ　さうでせうとも！　あなたの草鞋、左の足を
あげなさい。（草鞋脫がせる）今度は右。（同じ動作、突

然恐怖の叫びをあげる）

エディポス　怪我をした？

ジヨカスタ　いゝえ……いゝえ……（後退りし、エディポスの足先を氣が狂つたやうに見つめる）

エディポス　あゝ！　わたしの傷……そんなに醜いですか、ねえ、びつくりしたの？

ジヨカスタ　その穴……どうしてさうなつたの？……まあひどい怪我をしたものね……

エディポス　たしか、狩でですよ。わたしは杜のなかにゐて、乳母に抱かれてゐた。と、突然樹の繁みのなかから猪が現れて、彼女を襲つたのです。彼女は氣も顚倒して私を下に落つことしてしまひました。そして、その獸が私を牙にかけようとしてゐるところを、樵夫が打殺したのです……本當なんです！　彼女はまるで幽靈のやうに眞靑でした！　あなたには、あらかじめ警告しなければいけませんでしたね。どうも、自分ではその恐ろしい傷もすつかり慣れつこになつてしまつて、ねえ、そんなにひどい印象を與へるとは氣づかなかつたので……

ジヨカスタ　もうなんでもありません……

エディポス　疲勞と睡眠不足とが、吾々をわけもない恐怖に追ひ込んだのです……あなたは惡夢から覺めたところだし……

ジヨカスタ　いゝえ……エディポス。異ひますの、實際はあたし、いつも忘れよう忘れようとしてゐたある事を思ひ出したのです。

エディポス　どうも、わたしの遣り方は運が惡い。

ジヨカスタ　あなたは御存じないことです。それは、あたしの乳姉妹とその附添ひの女中とが知つたことなんです。彼女は、私と同じに、十八のときに子供を持つたのでした。彼女は、歲がかなり異つてゐたけれども、夫崇拜で息子を欲しがつてゐました。しかし託宣が、その子の未來にとても恐しいことを告げたので、彼女は息子を生んだあとで、とても育てる勇氣が失くなつてしまつたのです。

エディポス　何ですと？

ジヨカスタ　待つて……か弱い女の身で、命のなかの命とも言ふべきわが子を仕末するなんて、どんなに心を鬼にしなければならないか……考へてもみて、自分の腹を痛めた息子、地上の寶、愛のなかの愛。

エディポス　で、その女は……どうしたんです？

ジヨカスタ　涙を飲んで、子供の足に穴を穿ち、縛つて、こつそりと山腹に捨てたのです、あとは狼や熊にまかせて。（顏を匿す）

エテイポス　夫は？

ジヨカスタ　人はみんな、子供は病死して、それをお母さんが自分の手で埋めたのだと思つたのです。

エデイポス　で……その女は……まだ生きてゐますか？

ジヨカスタ　死にました。

エデイポス　それは幸せだ。さもなくば、私が王位についた威信の手はじめとして、彼女を公衆の面前で極刑に處し、殺してしまひます。

ジヨカスタ　託宣は明瞭で決定的だつたのです。さういふ場合に、女といふものは愚で、うろうろするばかりです。

エデイポス　殺すとは！（ルイスを思ひ浮べ）勿論、それが自己防衛の場合で、運が悪いときには殺しても仕方ない。だが、自分の血肉を分つた肉身を、血縁の絆を、よくも空々しく殺してゐられるとは、何たる冷血！

ジヨカスタ　エデイポス、何かほかのことを話しませう……あなたがそんな怖い顔をすると氣が遠くなります。

エデイポス　ええ、何かほかのことを話しませう。もしもあなたが、この惨めな獸を辯護されるやうなことになると、わたしはもうあなたを平氣で愛してはゐられなくなるかも知れませんからね。

ジヨカスタ　あなたは男です。自由な人、人の頭！　だが託宣に氣も顚倒した、疲れ果てた、絶望した、病臥の、しかも僧侶達におどかされた母親の身にもなつて御覧なさい……

エデイポス　附添ひの女中！　それはただ彼女の口實さ。あなただつたら、そんなことをやりますか。

ジヨカスタ　（身振をして）いゝえ、無論やりはしません。

エデイポス　託宣と闘ふには、ヘラキュレスのやうな勇氣がいるなどと思つて逃げ出しちや困りますよ。わたしだつたら、奇蹟だとして、威張つて自負して、寢轉がつてゐますね。託宣をひつくり返すにはわけないですよ。私はただ家を捨てて、愛着を振り切つて、國を跳び出してきただけですよ。私が生れ故郷を離れれば離れるだけ、あなたの國に近づいてきたのです。そしてますます自分の家に歸るやうな氣がしましたね。

ジヨカスタ　エデイポス！　エデイポス、まあ、そんなに口を尖らせて、まくし立てて、眉をあげて、眼を光らせてさ！　も少し眉を柔げて、エデイポス、そんな怖い眼付をしないで、あなたの口は饒舌るばかりでなく、も少し優しいことには使へないの？

エデイポス　そら、またやりましたよ。熊、大熊、例の如く不きつちやうな奴。

ジヨカスタ　あなた、子供ね。

エデイポス　子供じやありませんよ！

ジヨカスタ　ほら、また始まつた！　さあ、さあ、温なしくして。

エディポス　その通りだ。わたしは仕末が惡い。あなたの口でこのお饒舌りの口を塞いで下さい、あなたの手でこのいらだつた眼を……

ジヨカスタ　一寸待つて。あたし格子を閉めて來ますから、あたし夜中に格子の開いてゐるの嫌ですから。

エディポス　わたしが行きませう。

ジヨカスタ　あなたは寢てゐらつしやい……あたしは同時に鏡も見ますから、お化をお抱きになるのは嫌でせう？　この大騷動の後で、あたしどんな顏をしてゐるか判つたものぢやない。あたしを御覧にならないで、落ちつきませんわ、あちら向いて下さらない、エディポス。

エディポス　向くところですよ。（搖籠の端に頭をやつて寢床をはすにして轉がる）ほうら、眼を閉ぢますよ。

ジヨカスタ　（窓に行き、エディポスに）あの兵隊はまだ眠つてゐる、半裸體で……それに今晩暖くもないのに……可哀さうに！

ジヨカスタ、動く鏡の上にゆき、突然足をとめて、廣場の方角に耳を傾ける。醉拂ひが、考へるやうに長い間を置いて、大聲に話してゐる。

醉拂ひの聲　政治！　政——治！　なんてへまだ！　お臍が茶沸かさ！……おや！　こいつあ！　死んでるぞ！……や、失禮、兵隊さんがお休みだ……敬禮！　眠れる軍隊に敬禮！（沈默、ジヨカスタ爪立ち外を見ようとする）

醉拂ひの聲　政治！……（長い間）なんてへまだ……へま……

ジヨカスタ　エディポス、ねえ！

エディポス　（眠つて）うつ！

ジヨカスタ　エディポス！　エディポス！　醉拂ひがゐて衛兵は知らないんです。あたし醉拂ひ大嫌ひ。あたし追拂つて貰ひたいの、衛兵を起してよ、エディポス！　エディポス！　早く！（エディポスを搖り動かす）

エディポス　私は卷く、私はほどく、數へる、ためらふ、織る、擇る、綯ふ、私は伸ばす、私は結ぶ……

ジヨカスタ　何を言つてるんだらう？　まあ、よく眠つてゐること！　あたしが死んでも、知りやしないわ。

醉拂ひ　政治！

彼は歌ふ。最初の行を歌ふやいなや、ジヨカスタ、搖籠の端に頭を乘せてゐるエディポスを離れ、部屋の中央に行く。耳傾ける。

奥さん、これから、どうなさる？
奥さん、これから、どうなさる？
あなたの御亭主若過ぎる、
まつたく若過ぎるよ、あきれ返らあ！……さつとね……そ

んなものだよ……

ジョカスタ　おゝ！　畜生……

酔拂ひ　奥さん、これから、どうなさる？　神に誓つた結婚とやらをね？

ジョカスタ、當惑して、爪先立つて窓際に行く。それから寢床に戻り、エディポスの上にかがみ、顔を見守る、しかも、その間ときどき窓際を振返る。酔拂ひの聲が、泉の囁きと、ときをつくる鷄の聲と入れちがつて、斷續する。彼女は、靜かに搖籠を動かしながら、エディポスを寢かせつける所作。

酔拂ひ　さうだ、俺が政治をやつたら……女王に言ふのだ。奥さん！……若僧はお前さんの亭主になりませんぜ……眞面目で、堅氣で、強くて……ざつと俺みたいな亭主を……貰ふのだ。

衛兵の聲　（起きたばかり、徐々に自意識を恢復する）歩け！

酔拂ひの聲　目覺める軍隊に敬禮！……

衛兵　歩け！　氣をつけ！

酔拂ひ　もちよつと親切にしても宜いじやないか……

衛兵の聲がすると、ジョカスタ、はじめてエディポスの頭をモスリンで包み、搖籠を離れる。

衛兵　お前、顎を蹴飛されたいのか？

酔拂ひ　いつでも政治！　なんてへまだ！

奥さん、これから、どうなさる？……

衛兵　おい、こら！　出て行け！

酔拂ひ　出て行くよ、出て行くところだよ、もちよつと親切にしても宜いじやないか。

この會話の間に、ジョカスタは鏡に行く。彼女は夜明けと月の光に遮られて自分を見ることが出來ない。彼女は、鏡を壁から取りはづす、だが本物の鏡そのものはそこに附着したままである。その縁だけを引張つてきて、ジョカスタ、光に向けようとする、ときどき眠つてゐるエディポスに瞳をやり、プロンプターの箱の正面まで、その家具の一種を注意深く運んでくる。そこで、聽集は彼女の鏡となり、ジョカスタは、彼女の全身を突出し、空間を見守る。

酔拂ひ　（非常に遠く）

あなたの御亭主若過ぎる、
まつたく若過ぎるよ、あきれ返らあ！……ざつとね！

衛兵の足音、ラッパの響、ときをつくる鷄、エディポスの靜かな規則正しい若い鼾。ジョカスタは、空の鏡に顔を向けて僅かに頰を仰向ける。

―幕―

（續く）

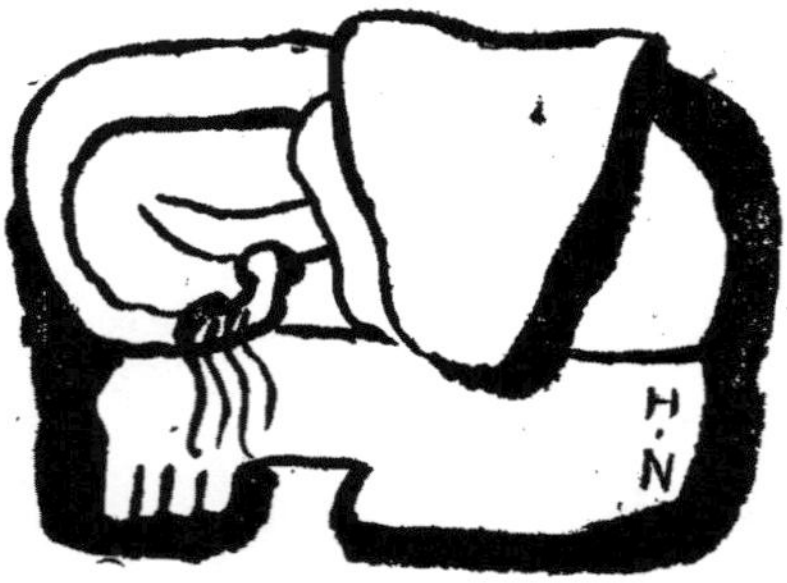

開け胡麻

三幕五場

藪田義雄

登場人物

アリ・ババ
〃　その妻
カシム（アリ・ババの兄）
〃　その妻
カシムの息子
モルヂアナ（女奴隷）
アブヅラー（男奴隷）
盗賊の首領
（クッジャー・ハッサン（實は盗賊の首領の僞名）
盗賊1
盗賊2
盗賊大勢
仕立屋
男奴隷、女奴隷、數人づつ
踊り子大勢
その他、花賣り、水賣り、街の人々等

所

ペルシヤの或る城下町。

第一幕

第一場

舞臺の正面は周圍よりやや高く、きりたつた岩上の一部。(その中が洞窟になつてゐるのだが、前面の岩に遮られて見えない。)

上手に雜木林、落葉や枯枝があたりに散らばつてゐる。下手は原つぱで町へ通ずる道と續いてゐるつもり。背景は地平に青空、入道雲が見える。

幕が開くと、舞臺裏からアリ・ババの唄が聞えて來る。

アリ・ババ獨唱

空みれば　いつも樂しや、
わが夢は　花と咲きみち
わが望み　雲と耀《かゞや》ふ。
貧しとて　心ゆたかに
朝を呼び　夜を迎ふる。

この歌の中途でアリ・ババ、下手に登場。驢馬を曳きながら舞臺を横切つて林のとつつきまで來る。手綱を木にむすぶ。せつせと枯枝を拾ひはじめる。大き過ぎる物は、ほどよい長さに揃へなどして、驢馬に積む。

その時、舞臺裏から、やや遠い感じで盜賊の合唱が聞えてくる。アリ・ババは驚いて下手の方を見る。

盜賊の合唱

獲物はたんまり鞍袋
せしめた寶が唸るほど、
　唸るほど。
面白をかしく金の蔓
何處までうらうら續くやら、
　續くやら。

アリ・ババは慌ててうろうろする。
再び合唱が間近かに起る。
アリ・ババは驢馬の傍に駈け寄り、急いで手綱をほどく。林の中へ追ひ込む。自分は木の蔭に匿れる。

盜賊の合唱

日中《ひなか》は沙漠の雲の影、
キャラバン待ち伏せ荒稼ぎ、
　荒稼ぎ。

夜闌《よふけ》は城下の流れ星、
在り金、攫つて知らぬ顔、
知らぬ顔。

首領《かしら》を先頭に十餘人、下手から次々に姿をあらはす。いづれも、今、馬を下りたといふ感じで、首領のほかは鞍袋を背負つてゐる。腰には一樣に劍を吊つてゐる。

盗賊の首領 （正面のきりたつた岩の前に立つて、さつと鞭を振る。合唱が歇む。）開《ひら》け胡麻《ごま》！

忽ち、洞窟の入口が開く。盗賊たちは首領を殿《しんがり》にどやどやと中に入つてしまふ。後ろから、岩の戸が音もなく閉まる。アリ・ババは餘りの愕きに聲も出ない。からだ中が、がたがた震へるので兩手で木に嚙り付いて、眼ばかり瞠つてゐる。やがてまた、入口が開いて、首領が眞先に姿を現はす。續いてぞろぞろ出てくる手下を一人一人かぞへて、誰も殘つてゐないことを確める。

盗賊の首領 閉じよ胡麻！（入口の戸はひとりでに閉まつてもとの岩山に變つてしまふ。手下の方を向いて、ソロで歌ひ出す。）

一度、俺《おい》らが目星をつけたら
否應いはせず、待つたも聞かず
手向ひする奴ァ斬り伏せ、蹴倒し、
腕で押切る一文字。

盗賊の合唱
獲物はたんまり鞍袋
せしめた寶が唸るほど、
唸るほど。
而白をかしく金の蔓
何處までうらうら續くやら、
續くやら。

合唱が始まると、それをきつかけに盗賊たちはめいめいからの鞍袋を擔いで退場。歌聲と、馬蹄のひびきが次第に遠ざかつてゆくと、アリ・ババが恐るおそる出てくる。

アリ・ババ （背伸びをして、眼蔭《まかげ》をして、盗賊たちの去つた方角をぢつとみつめる。獨白。）鞣皮《なめしがは》の鞭が鳴る。合唱《コーラス》が歇む。合言葉が投げられる。……岩山の奥に洞窟の入口が開かれる。それから……（歩き出す。）俺は夢をみてゐるのかしら？（岩山を見あげる。駈け寄つて、岩を押したり突いたりしてみるが動かない。）さうだ、夢か夢でないか、試してみよう。（盗賊の首領の眞似をして）開け胡麻！

忽ち、洞窟の入口が開く。呪文の力に吃驚して腰を抜かさんばかりになる。それでも好奇心に驅られて怖々と洞窟の中を覗き込む。遂に意を決して中に入る。後ろから戸が閉まる。

舞臺しばらく空虚。

再び戸が開くと、アリ・ババが金袋を兩手に一杯かかへて出てくる。重たいのでひと先づそこに降ろし、林の奥に追ひこんでおいた驢馬を曳いて來る。金袋を背につける。そのうへを薪で蔽ふ。

アリ・ババ （入口に向つて）閉じよ胡麻！（直ちに戸が閉まる。）

（唄で）
胡麻よ開けの合言葉、
胡麻よ閉じよの合言葉。
（殆ど言葉になつて）
金貨がざくざく
銀貨がざくざく
ダイヤが、眞珠が、瑪瑙が、珊瑚が、
つづれの錦が、絹布が、更紗が、
（唄で）
生れて初めて、この世の寶が、
（言葉になつて）
あつちにきらきら、
こつちにきらきら。
（唄で）
胡麻よ開けの合言葉、
胡麻よ閉じよの合言葉。
（殆ど言葉になつて）
金貨がざくざく、
銀貨がざくざく、
誰にも言ふまい、知られちやならない、
からだがぞくぞく、心がそはそは、
（唄で）
夢ではないかと抓つてみたれど
（言葉になつて）
あつちにきらきら、
こつちにきらきら。

驢馬の手綱を取り、朗かな物腰にて退場するところで――

― 幕 ―

第二場

舞臺を二分して左手にカシムの家（富める者の誇りを以て大

きく立派に）、右手にアリ・ババの家、（貧しくつつましく）があり二つの家の間に共通の露地がある。露地に面して勝手口が向き合つてゐる。
表通りは家の向ふ側（舞臺裏）にある氣持ちで、つまり、觀客席に面した方は裏手に當つてゐる。どちらの家も磨硝子の窓が閉まつてゐるので内部は見えない。
日暮れて間もない頃。

幕が開くと、アリ・ババの家には既に灯がついてゐる。窓硝子にアリ・ババと妻の影繪が動く。
アリ・ババが兩手で金貨の袋を持ちあげる。それを倒さにすると、金貨が牡丹雪のやうに散る。驚き惶てて妻がそれを搔き集めにかかると、アリ・ババがまたその上に金貨を降らす。また降らす。かうしたことを何度も繰返す。

カシムの家はまだ暗く人のゐるけはひもない。が、窓下のベンチにはカシムの息子と女奴隷のモルヂアナが抱きあつてゐる。宵闇の中で二人の顏形はよくわからない。やがて木の間から月光がさして來て二人を照らす。

モルヂアナ獨唱（しづかに歌ひ出す）

アマリリス
咲けるゆふべに
君とみて
想ひすずろく、
（二重唱）
遙けしや
わが戀も、わが唄も。

カシムの息子獨唱

月あかり
白う烟《けぶ》りて
君が額《ぬか》
仄に馨はし、
（二重唱）
遙けしや
わが戀も、わが唄も。

アリ・ババと妻の影繪つづく
アリ・ババは床の一隅をめくつて、せつせと穴を掘りはじめる。だんだん深くなるにつれてシャベルが見えなくなる。
妻が起ち上る。影法師が急に大きくなり、また小さくなる。

アリ・ババの妻（初めて勝手口に姿を現はす。小走りに驅けてカシムの家の扉をノックする。）今晩は。（返事がないのでもう少し大きな聲で）今晩は、今晩は……

その聲に、ベンチで抱きあつてゐた二人は立ちあがつて樣子を窺ふ。
内部に灯が點き、カシムの妻が扉を開ける。

アリ・ババの妻　（お辭儀をして）嫂《ねえ》さん、すみませんが秤を貸していただけません？

カシムの妻　（じろじろ見る）大きいのと小さいのと二つあるんだけど、どつちがいいの。

アリ・ババの妻　（おづおづしながら）あの、小さい方で結構ですわ。

カシムの妻は無言で奥へ消える。暫くして秤を持つて來る。

アリ・ババの妻　すみません、嫂《ねえ》さん。

お辭儀をして去る。その後を見送つたままカシムの妻は小頸をかしげて屈托顔をする。―間。忍び足にアリ・ババの勝手口に近づいてゆく。
アリ・ババと妻の影繪つづく。
秤で量つたり、袋につめたり、大騒ぎの態を節穴から覗いてカシムの妻は呆氣にとられる。眼を擦つて、もう一度みて更に仰天する。それでも聲を立てまいと兩手で口を押へ、後退りをしいしいわが家に轉げ込み、あわてて奥に驅け入る。
（カシムの息子とモルヂアナはいつとはなしに姿を消す。）

再び、窓硝子にカシムの妻の影法師がうつる。奥の方へ向つて手を引張ると太つちよのカシムがよろよろと出てくる。そこでカシムの妻が兩手で金貨の山をつくり、秤で量る眞似をしてみせたりして大仰に驚く。カシムがやつと合點して驅け出さうとすると、カシムの妻が追ひすがつて先に行かうとする。暫くおしあひへしあひして、結局カシムが先に露地に出る、後から妻がついてゆく。

アリ・ババの妻はやうやく金貨を量り終つて、無我夢中で袋につめる。アリ・ババが一つ一つ穴の中に入れる。――その有様をカシムが扉の節穴から覗いてぶるぶる震へる。カシムの妻が尻を突つく。カシムはいきなり扉を開けて部屋の中に躍り込む。
二人は狼狽する。
カシムは足許の金貨の山を指さして弟を追窮する身振りよろしく。アリ・ババが立膝をして、兩手を擧げて、何やら陳辯するが聽かない。いよいよ笠にかかつて、拳を振りあげて威嚇する。アリ・ババはペコペコお辭儀をして、躄《ゐざり》寄つてカシムの裾に縋りつく。振り拂つてアリ・ババを指さし、兩手をうしろに廻はして、罪人が曳かれて行く時の恰好をする。次にアリ・ババの妻を指さし、同じく罪人が曳かれてゆく恰好をしながら出口の方へ歩きかける。二人はあわててカシムの前後に立ち塞がり、交々、何やら訴へる。カシムは初めて頷く。その耳もとにアリ・ババが口を寄せる。カシムが吃驚仰天する。
出口に立つてゐる妻を押しのけて、やにはに外に飛び出すと月光がカシムを照らす。

カシム （空を仰いで）わははゝゝゝ、わははゝゝゝ。（白痴のやうに笑ひつづける。）

―幕―

第三場

第一場と同じ洞窟の前。
その翌日、午前中のこと。

カシム （洞窟の前に立つて） 開け牛蒡……いや、違つた、開け胡麻！

洞窟の入口が開く。驚喜して兩手を擧げ、何か譯のわからぬことを口走りながら駈け寄る。洞窟の内部を覗き込み、あたりに人氣のないのを見定めると、憑かれたもののやうに中に吸ひ込まれる。秘密を包んだ岩の戸が音もなく閉まる。舞臺空虚。
暫くしてカシムの聲が聞えてくる。（この場合、特にくぐもる感じを出すこと。）
最初に「開け大麥」と言ふが戸は開かない。續いて「開け燕麥」「開け大豆」「開け人參」と次々に穀物の名を呼ぶが、合言葉が違ふので戸は開かない。だんだん泣き聲になり、遂には絶望して物を投げつけなどするが、それも間もなく止んでしまふ。
折柄、盗賊の合唱が近づいて來る。

盗賊の合唱
獲物はたんまり鞍袋
せしめた寶が唸るほど、
　唸るほど。
面白をかしく金の蔓
何處までうらうら續くやら、
　續くやら。

歌が終ると盗賊の1、2鞍袋を背負つて登場。盗賊多勢つづく。

盗賊の首領 （洞窟の前に立ち、鞭を揚げる。） 開け胡麻！

戸が開くと、カシムが無我夢中で飛び出してくる。首領に突き當り轉倒する。あわてて起きあがらうとすると首領の鞭が鳴る。「わあ」と喚いて手下が取り卷き、そのままカシムの悲鳴を押包んで洞窟の中に消える。戸が閉まる。
再び洞窟が開いて盗賊の1、2が出てくる。忽ち、「うわあ」「やつちまへ」といふ物凄い怒號が聞えるが、瞬時にして戸が閉まり、聲が小さくなる。

盗賊の1　（上手下手をひとわたり見廻はつた後、中央にかかつて）何處からどうして嗅ぎつけたか、この洞窟の秘密を知つてる奴がゐるとなると、こいつア油斷はならねえ。

盗賊の2　泥棒が泥棒に入られて、泥棒が泥棒の見張りをする……。世の中は逆さだ。

盗賊の1　え、世の中は逆さまだ？　へ、へゝゝゝ。

盗賊の2　はゝゝゝ。

三度び洞窟が開く。首領が眞先に出て、あとから出てくる手下を眼で數へる。——カシムの姿は遂に見えない。

盗賊の首領　（鞭を揚げて）閉じよ胡麻！

戸が閉まる。

盗賊たちはめいめい空の鞍袋を肩にかけ、歩きながら歌ふ。

盗賊の合唱

日なかは沙漠の雲の影
キャラバン待ち伏せ荒稼ぎ、
荒稼ぎ。
夜ふけは城下の流れ星
在り金、攫つて知らぬ顔、
知らぬ顔。

盗賊たちが退場したのちも、暫らくこの唄のメロディーはつづき、舞臺は次第に暗くなる。やがてまた明るくなると、アリ・ババ驢馬を連れて現れる。あたりの様子に氣を配りながら、上手の雜木に驢馬の手綱をむすび、おづおづと洞窟に近づいてゆく。

アリ・ババ　（內心の不安を押し隱す樣に幾度か躊躇して——）開け胡麻！

入口が開くと、兩脇に二つづゝ吊されたカシムの死骸が生きもののやうに左右に搖れる。

「うゝゝゝ」と呻いてアリ・ババは思はず尻餅をつく。がたがた震へがやまない。矢庭に死骸にとりついて泣く。

アリ・ババ獨唱

蒼ざめはてし汝《な》が軀《むくろ》
泣いて抱けどはや空《むな》し、
あゝ兄弟《はらから》と生れ來《こ》し
これがいまはの姿かよ、
金を欲つする心より
金に飽かせてなほ足りず

金ゆゑいのち失ひし
これが汝《いまし》の運命《さだめ》かよ。

だんだん氣持ちが落着いてくると、自分がいま何をしなければならぬかを考へる。驢馬を曳いてくる。死骸を降ろして二つの布に包み、驢馬の背につける。上から枯枝で覆ふ。

アリ・ババ　（洞窟の方を向いて）閉じよ胡麻！

戸が閉まると元の岩山になる。
あたりに氣を配りながら、驢馬の手綱をとり下手へかへる。

― 幕 ―

（以下次號）

商賣往來

雜誌「文藝世紀」を主宰して萬葉的浪曼精神を高唱し日本的全體主義の旗を掲げて英米流の自由主義思想排撃にこれつとめてをられる中河與一先生も、聞くところによると、數年前まではたいへんアメリカ的なものがお好きだつたさうである。その頃、先生の所へよく出入りしてゐたひとの話だが、先生はよほど忙しいと見えて、頼まれた小説などにも手がとゞかないのがあり、出入りの若い人達に代作をやらせてゐたさうだが、その原稿料を勘定する場合――つまり先生が名儀料としてアタマをはねること――先生はきまつて「計算はアメリカ式でやりませう」といふのが口癖だつたさうである。

何もこんなことを云つて、中河先生一人をあげつらふつもりはないが、一例としてあげたまでだ。轉向ばやりの世の中で、共産主義者が立身出世主義者になり、アナキストが國家主義者になり、リベラリストが獨裁主義者になり、モダニストが古典主義者になり、ダダイストが神樣氣違ひになるのも、凡て時勢の然らしむところか。あれも商賣、これも商賣では片附けられない不可避的なものがあるのだらう。第一、商賣それ自體が轉向乃至變質しつつある時勢だ。日本の未來に役立つものならば何でも結構だが、それにしても「武士は食はねど」の日本的片意地がどの方面にも失はれてゐるらしいのは、日本のためによろこんでいゝことか、悲しんでいゝことか。

（頑迷居士）

帽子をかぶつた奏任官

竹田敏行

一

そのホテルは蘇州河から餘り遠くない、碼頭の方へ下りて行く、或る舗道に面してゐる。英國式の古い建物《ビルディング》で、錆びついた避雷針の突き出た綠色の屋根や、正面玄關の上の日覆ひや、褐色の岩乘さうな窓框と手欄、灰白色の壁、これらはどれもどす黑くくすんで居て、少し遠方から見ると、妙に陰影のない、周圍の建物より數百年も前に建てられたやうに見える。こゝには、蘇州河やその直ぐ下手に見える黃浦江から絕えずひどい煤煙が吹き上げて來る。そして、建物《ビルディング》はまるで、かう煤煙がひどくちややり切れない、と言つて居るやうに、その綠色の屋根の一角を奇妙なふうに傾けて居る。兩側に外國領事館や領事館警察や市立病院や澤山の倉庫などの並んで居る、ホテルの正面の舗道は、實際計つて見ればさう廣くもなかつたに相違ない。然し、この狭い歩道のついた通りには、生憎と並木も外燈もなくて、その上に立つと河風に晒された舗道の全景が、ずつと河下の角まで見渡すことが出來る。從つて、誰でもこの倉庫の臭ひのする舗道に沿つて歩き始めると、道がひどく廣くて長いやうな憂欝な氣分に捉はれた。若し曇りや雨の日だつたら十倍も憂欝である。

このホテルの三階の舗道に面した三〇七號室の窓から、帽子をかぶつた奏任官が一人首を出してぼんやり下を見下して居た。かういふと變に思ふかも知れないが、實は或る事情でその人の名が明せないので唯さう言ふのである。それに近頃官廳では秘密といふことが非常に尊ばれて居るし、第一名前などは必要ではない。奏任官は瘠せて居て、貧相な然も氣難かしげな様子をして居たので、年齢は判然りとはわからなかつた。多分外見よりは若いと思はれる。一番眼を惹いたのは彼が頭にかぶつて居るセピア色の中折れ帽で、これは遠くから見ても、取れたての茸のやうに立派に見えた。その他は全然眼を惹くものはなかつた。顏も別に特徴がなくて、唯、顏の中央部が高いので、その爲に二つの眼が鼻を境として兩方で別々のものを見て居る風に見えた。彼の様子や歩き方には、何の爲だかわからないやうな鹿爪らしさが漂つて居たが、これはあらゆる官吏に通用する特徴で、何もこの人に限られたことではない。彼は一週間程前、雨の降り出しさうに曇つた日に、茸のやうなセピア色の帽子をかぶり、その日に内地から入港した汽船のレッテルを胴に貼りつけた中型トランクを下げて、倉庫の臭ひのする憂欝な例の舗道を嗎頭の方からやつて來た。そして、三〇七號室に落着くと、毎日鹿爪らしい顏をして外出して居たが、この二日ばかりはホテルに閉ぢこもつて、自分の窓から下の全景を見下しながら日を暮らした。唯食事の時だけつまならさうにセピア色の帽子をかぶつて一階の食堂に降りて來て、ポツンと一人だけ食卓に坐つて食事をし、最後にコーヒーを呑むとひどく不味さうに顏をしかめながら、三階の自分の部屋へ歸つて行つた。彼はいつもエレベーターに乘らなかつた。手を後手に組んで、さもその中階段のついた暗い階段を登ることに興味を持つてでも居るやうに、ゆつくり〱三階まで登つて行くのが常であつた。

では、何故帽子をかぶつた奏任官がひとりぼつちでこんな所にやつて來たかといふと、それは簡單に說明すると（官廳ではすべてのことが非常に內密にされて居るので）かういふわけである。戰爭後中央に新しい官廳が出來た、ところがその新設官廳と以前からある官廳との間に、どうしたことか管轄上不明瞭な點を生じてしまつた。若し新設された官廳がすべてを遂行する名目になれば、以前からある官廳では何もすることがなくなる名目になり、從つて何もすることがなくなるだらうといふ恐慌を來したのである。これは以前からある官廳の體面上はなはだ面白くなかつた。官廳にとつて最も重要な名目上の問題は勿論何等かの方法で解決されねばならなかつたが、それと同時に、以前からある官廳は新設された官廳に對抗して何か至急企畫した具體案を作成する必要に迫られた。その結果、多人數の者が突然調査視察の爲に支那に送られるといふことになつた。帽子をかぶつた奏任官が上海にやつて來たのは、その結果の一つであつた。奏任官は或る官廳の產業課に相當永く居て、今では年の割にすればさう惡くない地位に居た。彼は十年近くもの永い間の習慣上、仕事の目的とか意義とかを考へなくなつたお蔭で、官廳の仕事を片附ける才能が出來た。可成り讀書家で、經濟に關する新刊書は大抵讀んで居たが、この爲に自分の仕事に害を受けるとか益を得るとかいふ事は無かつた。要するに彼は、仕事といふものが人間の趣味とか理想とか愛情とか希望とかと全然關係なく存在するものだと信じて居た。これは別に彼のみに起つた特別現象ではなくて、地道な官吏がすべてさう考へる筈のものである。奏任官の頭は習慣と呼ばれる事實の中に次第にもぐりこんで行つて、自分の習慣卽ち仕事が自分に唯一の重大な事實だといふ想念に捉はれた。この事實以外のものは本當は知る必要もなければ、また元來無意味だと思つた。勿論彼はさう惡くない地位には居たが、せい〱奏任官なのだから、所謂革新官僚とかその他高級官吏のやうに自分でも戶惑ひする程自分の權限が大きく、從つてその權限だけ自分が偉いのだといふ考へに使されることは無かつたに違ひない。從つて、彼は一旦頭を入れたこの事實の中に過不足なく這入りこんでしまつた。

彼は結婚する迄は太つた大きな女に趣味を持つて居た。さういふ女を見ると、たちまち感心してしまつて、その太り工合や大きさに信頼を呼び起す根據があるやうな氣がした。が然し、結婚してからその趣味を失つた。何故なら、理想通り五尺四寸五分もある太つた女を妻君に貰つたにもかゝはらず、その女の利己主義でお喋りで强情で理窟つぽくてそゝつかしいことゝ來たら、趣味などといふ根據のないものを跡形もなくぶちこはすのに充分であつた。彼女は結婚してから五年ばかり生きて居たが、或朝臺所で古釘を踏んだ末、恰も目方だとか大きさなどは何の役にも立ちはしないといふことを實地に證明する如く、脆くも死んでしまつた。このことは二重に趣味とか理想とかの無意味なことを彼に敎へた。奏任官は妻君が死んだ時少し泣いた。然し、これは單に妻君を失つた爲といふより、寧ろこのやうに强情で大きな女の存在が、かく魔術のやうあつけなく消滅したといふ信じられない幸福によつて彼の人生觀に與へられた打擊の涙だとでも言つた方が妥當だらう。それまでも彼は恰好のある人生觀とか目的を持つて居たわけではなかつたが、殊に妻君が死んでからは自分が官廳の仕事をして居るのだ、といふ事實以外のことは信用しないことにした。自分が生きて居るといふことに附屬するあらゆる事實でない抽象的な考へを揑造することは彼にはとても危險に思はれた。趣味、理想、人生觀――こんなものは事實でないものだ、太つた大きな女のやうなものだ、と彼は妻君が死んでから頭が非常に聰明になつたやうな氣がして考へた。そして、それまでの家を引き拂つて、アパートの一隅に移ると、其處に今まで無かつた落着いた氣分を味はひながら官廳に通ひ始めた。彼の元氣づいた樣子は恰もかう言つて居るやうに見えた。趣味――こんな一見なんでもないやうなことのお蔭でひどい目に遭ふのだからなあ、趣味なんか人間を慰めるやうなものでもなんでもない、何の根據もない危險なものだ。

それでも彼は全然趣味を持つて居ないわけではなかつた。たつた一つ、帽子に趣味があつた。それも元來は彼の頭の恰好が非常に見苦しく、帽子をかぶつた時とかぶらない時とでは、相手に與へる印象が全く違ふやうに思はれたことが原因になつて居た。上製の帽子をかぶつた時、彼は自分が本當は可成り偉い、どこへ出しても恥かしくない名の知れた人物のやうな氣がした。反對に帽子をかぶつて居ない時には自分が極くつまらない平均以下のやうな氣がして、何でもない時にもつい顔を赧くしたりする程であつた。そして、この帽子といふ附屬品が永年の間に彼の唯一の趣味になつてしまつた。帽子は二十數個あつたが、ほとんど全部普通の中折帽子であつた。毛皮帽やトルコ帽もあつたが、これはほとんど部屋の中でしかかぶることはなかつた。二十數個の中折れ帽は大部分外國製の上等のものばかりで、どれもこれも緣が廣くて、毛深くて、輕くて、柔かな感觸のものばかりだつた。彼はこの澤山の帽子を人形を並べるやうに棚に並べて置いて、毎日念入りに掃除をしたり、眺めたり、また帽子を頭にかぶつたまゝ一時間位ぢつと鏡の前に立つて居たりした。朝、官廳に出掛ける前に、必ずその棚の前に行つて、まるで二十數人の情婦を前にして居る男のやうに並んで居る帽子をぢつと見つめる。すると彼の顔には他の場合には決して見られない子供らしい表情が浮び上る。棚の上の帽子がみんな呼吸をして居るやうに思はれる。特に彼が一番大事にして居た英國製のセピア色の帽子を頭に載せた時には、彼は自分が自分でない、もつとふくらんだ素晴らしいものゝやうな氣がした。第三者の側から見て、これらの帽子が彼に非常に似合つて居るとは必ずしも言へなかつたにせよ、このことは無意識に彼が生活の中に持ち殘して居た唯一つの夢であり、彼の非常に退屈で長い、若しくは非常に單純で短かい生涯の中に殘された唯一つの事實でないものであつた。實際、彼はいつもセピア色の帽子をかぶると、不意に飛び上つて、俺は帽子だ、ふか〳〵した上等の帽子だ、と言ひたいやうな錯亂した氣分に襲はれた。

かういふ調子で彼の事實の中で、たつた一匹の小さな夢が飛び廻つて居る中に、彼は澤山の日を過ごし、死んだ妻君の顔さへも思ひ出せないやうになつた。依然、彼は住み慣れたアパートから大きな表札を下げた官廳の門へ行き、歸りにはその反對をアパートへ歸つて行つた。「帽子をかぶつたこの男が、坂や橋の上を歩く光景は繪のやうだ」と彼は自分の姿を心の中に思ひ浮べて北叟笑んだ。彼は原則的には事務を尊重し、帽子を輕蔑して居たが、いつもついうつかりしてかういふ風な考へに捉はれてしまふのである。

かくて、彼は誰に文句を言ふこともなかつた。アパートの病院のやうに廣く冷いコンクリートの廊下や、太い眞鍮の手欄のついた階段や、バタ〳〵と天井に響くスリッパの音や、玄關の前に傾いて居る長い坂、事務所の曇り硝子の中で聞える女のくす〳〵笑ひ、誰にでも尾を振り誰にもかまはれない事務所の犬、などに彼は漠然となにがどうといふわけでもなく執着を感じて居た。それらのものはすべて彼が帽子をかぶつて自分の部屋と官廳の間を往復するのに適して居た。從つて上海に出張を命ぜられた時に彼はハタと當惑してしまつた。そんな遠方に旅行することは彼の生活に未だ嘗つて覺えのないことであつた。

出發の當日になつても、旅裝は中々とゝのはなかつた。彼は自分が毎日往復する範圍の外に出るのがどういふことになるのかもよくわからなかつた。普段着のまゝ、例のセピア色の帽子をかぶり、空のトランクに腰掛けて、永い間彼はひとりで頭を掻いたり、舌打ちをしたり、ぶつ〳〵言つたりした。そして、一生懸命何を買つて、何を持つて行くのか考へようとしながら、いつの間にか憂欝な旅館の生活や、未だ見たこともない南京虫のことを思つて沈みこんで居た。こんな狀態で彼は二月の末に出發した。

二

三〇七號室はこのホテルでは中等の部屋だつた。他の部屋と同じに天井が高く、壁が厚く、窓が非常に小さかつた。窓は二重窓で、その上に防虫網と不可解な色をした鎧戸とが附いて居た。英國人の先祖は敵を防禦する爲に窓のない家に住んで居たと言はれるが、彼等は今でも窓を大きくしないところを見ると、戰爭に對する恐怖が今日では趣味と一致してしまつたのかも知れない。このホテルは英國の資本によつて建てられたものなので、從つて現在は日本人によつて經營されて居るが、こゝで住み且喰つたものゝ一部は今でも英國に支拂はれなくてはならぬのださうである。

部屋の中には洋服簞笥と三面鏡と、二脚の安樂椅子のついた丸卓子と、木製の寢臺とがあつたが、どれも重たく岩乘さうで、同じやうに不可解な暗い色をして居た。三面鏡の臺の上には蒸溜水を入れた魔法壜とコップが置いてあつた。その横には例のセピア色の帽子が載つて居た。部屋は暗くて靜かで、スチームの熱氣が罩つて居て、長く部屋にぢつとして居ると、耳から黴でも生えて來さうな氣がした。奏任官は上海へ來てから一週間程の間、連絡のある官廳や、紹介された人々や、軍部の二三の將官を訪問して過ごした。然し、その一週間が過ぎると仕事が一寸一段落ついた形になつた。彼は報告書を作成する爲にその結果得たことを纒めようと思つたが、どうもうまくいかなかつた。豫想したことゝ、實際とがひどく食ひ違つて居て、まるで連絡がうまく行はれて居ないこと、人々の言ふことがまち〱で、或人は馬鹿に樂觀したことを言ふかと思ふと、他の人は全然絕望的であつたり、或人の言はひどく粗暴で、或人のはひどく臆病であつたり、然もそれらの意見がみんな根據がなくて唯ヒステリカルであること――そのお蔭で彼は色々のことを聞けば聞くだけ、どんな報告書を作つてよいかますます混亂するばかりだつた。奏任官は氣が滅入つて、部屋が暗くて熱すぎることや、雨ばかし降ることや、空氣の惡いことや、種々雜多の人種が居ることや、支那語の通じないことが不快になり始めた。そこで、彼は次の日から窓の近くの椅子に坐つて、首を出して舗道を見下しながらとりとめもなく時間を過ごして居た。ホテル內は壁の厚いせいか知らぬが極めてしんとして居た。誰も居ないのぢやないかといふやうな氣さへした。每晚一定の時刻にカーキ色の詰襟服を着た狐のやうな顏の支那人の靴磨きがやつて來た。この支那人はいつも扉を臆病さうにコトリと開け、狐そつくりな黃色い顏をして這入つて來て靴の在所《ありか》ばかり探して居た。そして、奏任官が支那語の出來ないのを知つて居るので、何を言つても唯笑つて靴を磨く眞似ばかしして見せるので憂鬱であつた。その他には一日中誰も來なかつた。時々呼びもしないのに女中が部屋を間違へてやつて來て、びつくりしたやうな顏を出す位のところであつた。

奏任官が坐つて居る三〇七號室の小さな窓の外は、來た時と同樣に鼠色をして居た。霧雨がじと〳〵降るか、辛うじて灰色のまゝ止つて居るかであつた。そして、この空模樣の下で、窓の外の舗道の光景を——正面玄關の前を大股に行きつ戾りつして居る印度人の門番のターバンを卷いた大頭、廻轉扉の外の柱の根に寒さうに蹲まつて眠りながら客を待つて居る支那人の子供のウェイター、蘇州河の橋の袂でわい〳〵叫びながら並んで居る靑服の瘠せた營養不良な眼をした避難民の群——を見るのはことさら憂鬱きはまることだつた。このわい〳〵騷いで居る支那人達は、橋を渡つて河向ふの英國租界に行かうとして通行證の檢査を受ける爲に橋の袂に行列を作つて居るのである。彼等は日に幾回となく、何處からか黃色いバスで荷物と一緖に運ばれて來る。そして、亂暴に投げ出される大きな荷物を受け取ると、大急ぎで行列の中に割り込まうとして、互に喧嘩をしたり、巡邏から棒でぶんなぐられたりした。時によると彼等は夜遲く運ばれて來て、雨に打たれながら長い行列をつくつて騷いで居ることがあつたが、その叫んで居る言葉は奏任官には理解出來ないだけに一層物悲しく聞えた。難民の群が橋の中央の陸戰隊の屯所で通行證の檢査を受けて河向ふへ渡つてしまふと、次のバスが來るまで舗道の上は靜かになつた。そして、ホテルに出入する客のない時には、玄關の前の灰色に濡れた步道を、後手を組んで行きつ戻りつしながら、擦れ違ふごとに立ち止つて何か母國語で話し合つて居る印度人の奇妙なアクセントと足音とが下から聞えて來た。黑い服をつけ、頭に黃色いターバンを卷いた堂々たる體軀の印度人がさうやつて話して居る樣子は、三階の窓から斜に見下すと、丁度巢の入口を守る二匹の熊蜂かなんぞのやうに見えた。この二匹の熊蜂を配した、灰色の、人通りのない鋪道の向ひ側には、今では空家になつた尖塔のある外國領事館が、ほこりにまみれた暗い窓を並べ、その破風の向ふに蘇州河に跨る鐵橋や、英租界內の倉庫の棟や、黃浦江や、埠頭の一部が、欝々と曇つた空の下に一日中くすぶつて居た。

夕方、帽子をかぶつた奏任官は、いつもよりずつと遲く食堂へ降りて行つた。そして、大方人の居なくなつた食堂で例のやうな調子で食事をしてから、いつものやうに直ぐ自分の部屋へ歸らずに、客間の方へ出て見た。この客間は玄關から食堂へ通る間にあつて、ほとんど一階の三分の一もある大きい古風な裝飾の部屋である。部屋の中には西洋の中世紀時代の版畫によくある、背部が乾物板のやうに長い岩乘な椅子が並んで居る。後からいきなり鉞で切りつけられても大丈夫なやうに、この古風な椅子は、こんなに背部を高くしたのかも知れない。その高い背部の上端にはみんな盾を跋んだ金色の獅子のマークが打つてあつたが、天井も內壁も圓柱も、矢張りこの椅子と同樣ゴシック染みた鈍重な色彩と裝飾でうづめられて居て、矢張り盾を跋んだ金色の獅子のマークが所々に打つてあつた。客間の中はガランとして居た。正面玄關へ出る圓柱の下の小椅子に、靑と白の縞模樣のトルコ帽子みたいなのをかぶつた支那人の子供のウェイターが腰掛けて眠つて居た。子供は膝を高くして兩手で膝を抱へ、胎兒のやうな恰好をして居て、トルコ帽のずれた痕が黃色い額には赤い條になつて附いて居た。子供のウェイターは時々椅子からずり落ちさうになり、そのたびに眼を覺まして、客が來たのかと思つてひよろひよろ玄關のドアの方へ出掛けて行つた。食堂へ通ずる硝子扉の近くに煙草や雜誌やチョコレートなどを賣つて居る店があつた。其處では二人の佛蘭西人が綺麗な猶逸人の賣娘《うりこ》と何だかしきりに話し込んで居た。部屋は靜かで、外から來る客はない。奏任官はこれといふ目的はないのだが、暫くぼんやり部屋の中に立つて居た後、人の居ない隅の方に腰を下した。隣の丸卓子には、この占領地域内では到るところで見受ける猶太人が、こゝにも四五人坐つて居て、大きな木兎のやうな眼をキョロ〱動かしながら話し合ふ低い聲が聞えた。その向ふに士官が一人、上半身が全部隱れる位大きく新聞を擴げて讀んで居た。

二階へ上る階段の近くに三人の日本人が卓を圍んで話して居た。その中の一人の老人が話す聲が聞えて來る。

「……要するに、僕の言ふことはかうだ。日本人はもつと支那人を知らなくちやいかん……支那を治めるのが支那人だといふことは、こりや明白な事實だ。……支那から西歐の壓力を追つぱらふ最善の道は、支那に支那人の治める近代國家が出來るといふことだ。支那に近代國家が出來れば、西歐の力なんぞひとりでに追ひ出されちまふ。そこに、日本がそのイニシアチブを取らなくてはならん、地理的な、經濟的な、また血族的な緊密性がある。この自然の成り行きが、自然の成り行き通りに行かんといふのは、驚く程日本人が支那を知らんからだ……」

話の內容がよくわからないので、奏任官の注意は自然とその老人に集り出した。老人は岩乘さうな背中を丸めて前こゞみになり、赤貝の殼のやうな手を卓の上で摑み合はし、太い拇指を動かしながら話して居る。話しながら始終咳をして、そのたんびにゴムのやうにふくれた大きな頭を前後に振る。奏任官はその樣子を永い間ぢつと見守つて居た。さうしてゐると、彼の注意力がいつの間にか老人の話よりも、寧ろその動作の方に移つて行つた。奏任官は次第に奇異な氣持になつた。何故なら、今まで彼は隨分澤山の人間を見て來たにも拘らず、いま始めて一人の人間といふものを注意して見るやうな氣がした。そして、そんな心のゆとりが自分にあつたのに驚かざるを得なかつた。

暫くたつて、卓を圍んで居た老人と他の二人とは、話が終つたらしく立ち上つた。老人は二人を殘して階段の方へ歩き出した。老人は兩手を擴げて體の中心をとり乍ら、太儀さうに中二階まで登り、エレベーターのある方に曲つて消えた。岩乘な上體に比べると、案外その足は短かく弱々しいので、歩く恰好はひどく子供らしく無邪氣に見えた。

奏任官はそれからも暫く客間に坐つて居たが、一旦部屋に歸ると、外套をつけ、再び客間に現れて眠つて居る子供の側を通つて玄關に出た。外は暗くて暖かゝつた。雨は止んで居るが、濕つて霧雨でも降つて居るやうなふうである。二人の王様のやうな顔をした印度人の門番は、人氣の絶えた正面玄關の段の下に立つて、向ひ合つて手を後に組み、母國語で話し合つて居た。二人はお互に布袋腹が觸れ合ふ位その堂々とした體軀をそり返らせ、いかにも二人きりで自分達の國の言葉を發音するのが樂し氣な様子である。然し、奏任官の姿が段の上に現はれた時、二人の話はぱつたり止んだ。彼等は急に落し物でもしたやうな沈鬱な恰好になつて、再び玄關の前を行きつ戻りつし始めた。奏任官は外燈のない歩道に下り、それから眞暗な車道を斜に横切つて、河岸の方へ歩いて行つた。彼は唯一寸その邊を散歩して見ようと思つに過ぎなかつた。で、當もなく、河岸へ出て、大蒜《ニンニク》の臭ひのする幾棟かの倉庫と、それにつゞく公濟病院の長い塀に沿つた鋪道を撰んだ。病院の窓からは明りが漏れて居たが、河岸は眞暗だつた。蘇州河の中には戎克船や小船《サンパン》がちつともやつて居た。河向ふの英租界の岸には大きな屋根を持つた澤山の倉庫が並んで居た。その屋根が、火影で赤く燒け煙りその下に種々不可解な上海の歴史を秘めた空に、黒い不規則な形を描いて居た。奏任官は病院の白い塀にぶら／＼とついて行き、そこの角を街の方へ曲つた。街の中はほとんど人通りが絶えて、未だ早いのに大抵店を閉めて居た。所々、壞れた塀や、屋根と壁が拔けて大きな本箱のやうになつた煉瓦家などがあつて、效めの確かな爆彈の跡を殘して居た。蘇州河の北の大抵の目拔き通りはさうだが、この大通りの店も大方日本商店であつた。さう、日本軍の通つた後は、なんでも日本が占領してしまつたのだと簡單に信じこんで居る日本商人の店であつた。歩いて居ても海を越えて支那の街へ來たといふ感じがなく、內地の新開地の安物店と一向に變つた趣もなかつた。奏任官がこの現象に驚きながら暫くその大通りを北へ歩いて居ると、壞れた塀や本箱のやうな裸の家が次第にふえて來た。そして、或る街角に出た時、奏任官の眼の前には思ひがけず一面に壞れた本箱があつた。そして、その黑い煉瓦の本箱に挾まれた道路のずつと涯に小さな陸戰隊の屯所の燈が見え、その前に銃劍を手にして立つて居る兵士の姿がかすかに眞暗な中から浮き出して居た。奏任官は立ち止つて、この廢墟の全景を通して、闇の中に一人寂として立つて居る兵士の方をぢつと見つめた。すると、兵士はいぶかし氣に頭を動かしてぢつと奏任官の方を見返した。

　奏任官は其處から引き返した。今度は奏任官の行く手に有名なブロードウェイマンションの燈火が目じるしになつた。建物全體は背景の闇に沒して見えなかつたので、その上層部から漏れる光が宙に止つて見えた。彼はその薄赤い光を見ながら暫く歩いた。そこ迄の距離がどの位あるか闇の中なのでわからなかつたが、兎も角その建物の下まで行けばホテルが近いのを彼は知つて居た。だが、さうやつて歩いて居ると、間もなく奏任官は急に前後の眞暗な露地に這入りこんで居るのに氣付いた。露地には車道も人道もなく、不揃ひに凸凹した甃石《いしだゝみ》が敷きつめてあつて、兩側に並んだ支那式の二階家の商店が眞黑く表戸を閉して居た。奏任官は心細くなつてあたりを見廻はした。何處にも燈りのついた家がなくて、何處にも人が歩いて居なかつた。奏任官は甃石の上を次の辻まで行つて見た。然しそこも矢張り同樣であつた。そして、この辻の端に立ち止つた時、彼の頭には突然、それらの無數の家がすべて空家なのだといふことが浮かび上つた。戰ひが始まり百萬の支那人が橋を渡つて蘇州河の南に逃げて行つて以來、河北では今に至つても北四川路や呉淞路の表通りだけでも一萬餘人の支那人が、市民協會の許可證が貰へないため復歸することが出來ないで居るのだといふ話を思ひ出した。人の住んで居ない街、二年間誰も居ない眞暗な大通り――この考へが奏任官に異様な想像を與へた。彼は外套のポケットからマッチを出して、一軒の店の前に行つて擦《す》つて見た。すると、岩乘に閉した赤ちやけた埃つぽい戸の一部と、綠色をした二階の張出し窓の底部と、招牌に何やら太い金文字で書いてある中の「栄」といふ字だけが、一瞬間暗い炎にゆらりと寫つて消えた。……近くで誰か甃石を歩いて居る足音がした。奏任官は店の前を離れて、辻へ出て左右を覗いて見た。靴の音はすぐそばでして居たが、人影は見えなかつた。あたりで大蒜の臭がして、何處か遠くの辻を横切つて行く黃包子のランプの光が闇の中をのろ〳〵と動いて行つた。

　奏任官は多少センチメンタルな氣持になつて辻に立つて居たが、その時突然誰か低く叫ぶ聲がして、それと一緒に舌をチョッ〳〵と鳴らす音がしたのでびつくりしてふり返つた。奏任官の立つて居る場所から一間と距つて居ない家に一尺四方位の窓が開いて、ランプを手にした一人の見苦しく瘠せた女が顏を出した。ランプの薄い光の中に褐色の髮の毛と、蒼い眼窩の隈と、赤い唇とが半面だけ浮き上つた。女は支那人ではない。奏任官が驚いた顏をして立つて居るのを見て、一寸笑つた。そして、その顏を奏任官のすぐ前につき出すと、瘠せた唇からチョ〳〵といふ響と何か脅かすやうに低い囁く聲が漏れて來た。まるで、犬殺しが犬でも呼ぶやうなふうである。奏任官は二三歩後ずさりした。そして、石に蹲いて、もう少しで仰向けに轉びさうになつたが、辛うじて頭を打つことだけはまぬかれた。彼は帽子を素早く片手で押へると、角を曲つて大股に逃げ出した。

　奏任官はいゝ氣分で居るのを急に脅かされたので、ほとんど迷子になつてしまふところであつた。永い間迷つた擧句、三十分ほど經つてやつと再びさつきの河岸にもどつて來た。河岸に出ると、彼は一休みする爲に有名なガーデン・ブリッヂの袂の手欄によりかゝつて、それからゆつくり河の方を見下した。彼は今まで感じたことのない變挺な氣分で一杯になつて居た。今かうして橋の上に立つて居ると、彼は咳をする老人や舌を鳴らす女がこの世に居たことが、或ひは自分がそれらのものに出會つたことが、何故かわからないが非常に有益なやうな氣がした。また、自分がいまぼんやりと有名なガーデン・ブリッヂに寄り掛つて居ることが、永い間やつて來た官廳の仕事よりも有意義なやうな氣がした。

奏任官は永い間其處に立つて、まるで何か大きなものを呑んだ動物のやうにぢつとして、河の方を見つめて居た。

三

次の日の晝近く、奏任官が自分の部屋の窓からターバンを卷いた印度人の大頭を見下して居ると、一人の黄色い眼をした貧弱な體格の男が訪ねて來た。この男は奏任官の全然知らない男なのだが、妙なふうに慄へながら扉から這入つて來て小さな名刺を差し出し、突然、蔣介石が英國から一千萬パウンドの借款をしたといふ話を始めた。

「一千萬パウンドと言つたら可成りの金ですからね、貴方、今後二年間は充分抗戰出來るでせう。もつとも大分惡い條件で借りたといふ噂もありますがね。」それから彼は聲を少し低くして言つた。「產業獎勵館の大田原です、一昨日事務所の方に報告がありましたので……」

奏任官はてつきり人違ひだと思つた。で、周章てゝ自分の名刺を出して前に置いたが、相手は少しも驚かなかつた。これは何かの間違ひらしい、と奏任官は內心で思つた。然し間違ひだといふ判然りした證據も見當らなかつたので、仕方がなく話し始めた。

「どうですか、貴方の方は忙しいですか。」

「いや、今のところ閑です。へ、へ、へ、未だ全く戰時狀態ですからな。今ではこの河北の商賣なるものが總て、貴方、日本人相手なのですわ。これが平和の狀態にかへつて、支那人が自由に蘇州河のこつちへ這入つて來るとなつたらどんなもんですかな。一寸見當がつきませんわ。それに一體戰爭はどうなるのです。內地ではどう言つて居ます。」

彼の黃色い眼は、急がしく、心配氣に、落着かず、喋つて居る間中チラ〳〵と動いた。そして彼の話も、今政治の話をして居るかと思ふと、もう食物の話をして居るといふやうな工合だつた。とつくに晝が過ぎてしまつたので、遂に奏任官は彼に晝食が未だなら一緒にしないかと誘つた。すると彼は一しきり劇しく喋へて、晝食はまだゞと言つて、奏任官と一緒に食堂へ降りて來た。

それから二三日すると、奏任官の食卓では、更に二人の者が何といふ理由もなく食事をするやうになつた。二人とも大田原が引つぱつて來た人間で、市會議員の淺倉忠藏氏と、野村さんといふ侏儒のやうに丈の低い雜貨商とであつた、淺倉忠藏氏は縱にも橫にもずぬけて大きな體格をして居て、極端に健康な爲にどうしても精神力を一點に集中することが出來ない人によくあるやうな茫然とした樣子をして居た。上瞼のはれぼつたい死豚のやうな遲鈍な眼をして、とりとめのないことばかし言つて居たが、本當は何かぼろい儲け話はないかと思つて漠然と上海にやつて來たのである。何かうまい話はないですかなあ、と彼は誰に會つても最初にさう言つた。そして、相手がうまい話を持つて居ないと彼のその人物に對する主要な興味が消え失せた。彼は別に奏任官に興味を抱いて居るわけではなかつたが、うまい話もなく退屈し切つて居たので始終奏任官達の食卓にやつて來た。もう一ケ月近くもこのホテルにうろ〳〵して居るのだが、見受けるところこの男には目的も、計畫も、またそのセンスもないらしく、唯漠然とうまい話を漁りながら飮んだり騷いだりして時を過ごす以外の能力は持たぬかのやうである。晝間はよくホテルの客間やまたは奏任官の部屋などで暮らし、人に訊ねられるとこのホテルに泊つて居ますと言つて居たが、本當はさうでないらしかつた。

もう一人の方の野村さんといふ雜貨商はひどく變つた人間であつた。何でも顧客をひつぱたくといふ噂があつた。大田原の耳程までぐらひしか丈がなくて、始終黑い詰襟の服を着て「上海日本商店案內」といふ本を大事さうに抱へて居た。顏には病でも病んで居るやうな薄鼠色の隈があつたが、いつも兵隊のやうにピンとして步いて居た。この人は全然笑はなかつた。始めの日はまるで遺恨でもあるやうな恰好をして腕を組んで、時々横目を使つて奏任官の顏を睨みながら默つて居た。翌日は手にした「上海日本商店案內」を開いて、その中の擦り切れさうになつた一頁を開いて、うちの店は信用がござす、本にも載つとる、かうつと、日本兵には無料でお茶の接待をなす、ちゆうことが書いてある、などゝ九州訛で言つて居たが、三日目には何故か怒つて、舌打ちをしながら鼠色の顏をして客間を步いて廻はり、奏任官が降りて來るのを見付けると純木綿のハンカチを二打賣りつけた。この時は老人はほんの少し怒つただけだつたが、彼がほんとに怒るかも知れないと思はれたのはトランクの時である。これはずつと後のことだが、或日の午後、奏任官が三〇七號室でいゝ氣持でうたゝ寢をしかけて居ると、誰か亂暴に入口の扉を敲く者がある。開けて見ると、靴を賣りつけてから暫く常態に復して居た野村さんが、驚いたことに人間が一人充分這入りさうな大型トランクを抱へて、ふくれ返つた鼠色の顏をして立つて居るのである。奏任官はその光景にすつかり度膽を拔かれて、いりもしないトランクを買はされてしまつたが、このトランクがまた、單なる牛の皮よりももつと安物だつたので、後になつてお互が不愉快な氣分に見舞はれるのも無理はなかつた。野村さんの店は北四川路にあつたが、およそ安物ならこの店にないものはなかつた。だから、誰でもうつかり彼の耳に聞えるところで品物の話をした者は必ず拔き差しならぬ不幸な破目に陷つた。

これらの人間をどういふわけで大田原が奏任官のところへ引つぱつて來たのか、それはまるでわからなかつた。大體、この男には何の爲にして居るか、責任のないことが多かつた。色んなことを目論んで居るやうでもあつたが、大抵その場限りであつた。心細い程度瘠せた小さな體格をして居て、その上空腹時には慄へる癖があつた。襟に黑ビロードのついた焦げ茶色の洋服を着て、首に黒い蝶ネクタイを緊めたこの男が、黄色い眼を不安さうに動かしながら、ありとあらゆる話をして居るのを見ると、あらゆる現象がすべて眞實でないやうに思はれた。その上この男は非常に食ひしん棒であつた。いつでも何か氣にして居るやうにシューッと齒の間から息を吸ひながら、他人の食物にまで神經質に鹽や胡椒をかけてやり、さうだ、いま思ひ出した、こゝの食堂では鷄のチーズ燒がうまいのです、だなぞと言つて居たが、一向自分の勘定で食つたことがなかつた。彼はこゝの産業奬勵館に勤めて居るのが厭なので、うまく奏任官に取り入つて內地でどこか縣の産業課かなんかに世話して貰はうかと考へて居た。だから、奏任官と二人きりになると眞面目な顏をして、いかにも氣の利いたらしいことを喋つて奏任官を感心させようとした。よく淺倉氏と連れだつて、ぢや、ちよつとその邊へ出掛けるとしませうか、と言つてはロシア女のところへ飮みに出掛けたが、蔭で奏任官には淺倉氏のことを、ありや、貴方、全くのいいかいいかあんぽんたんですわ、とさも見下げたやうに言つて居た。彼はこゝで澤山の知人を持つて居て、自分が利用出來ると考へた者とたちまち知り合ひになることの出來る一種不思議な人間に屬して居た。

これらの連中が奏任官と一緒に食事をした。といふのはつまり連中の食費を屢々奏任官が拂つたことである。內地に居る時なら奏任官はこれが確かな損害なのを氣付かぬ筈はないのだが、上海へ來てから周圍の狀況や、生活上の急激な變化の爲に少しぼんやりとなつて心持が寬大になつて居たので、このことを別に不合理とも感じなかつた。一人で食事をすることは、奏任官にとつて妻君が死んで以來の習慣であつた。朝はアパートの附近の食堂で、晝は役所で、晩は二流の料理店かまたは朝と同じ食堂で、いつも一人ポツンと食堂の隅に腰掛けて食つた。彼は健康な胃を持つて居たが、味覺には趣味がなかつた。むしろ食事そのものに何等趣味を感じて居ないかにさへ見えた。だが、上海へ來るとその樣式が全然違つた。人々は誰か仲間さへ出來れば、興奮して集つて、食つたり飮んだりした。英國の惡口や支那の惡口や、はては自分の國の政府の悪口を喋りながら、誰が金を拂ふのか知らない様な顔をして食つたり飲んだりした。ホテルの内部はさびれ、街の辻といふ辻は夜が來ると共に闇に包まれて人通りは全く絶える有様であつた。然もこの有様にもかゝはらず、人々は興奮して、集つて、食つたり飲んだりした。なぜさうなのか、と言はれても彼等には說明出來ないだらう。多く食ふ者は理解しない。

ホテルの食堂は客間の奥にあつた。客間から眞赤な絨氈を敷いた大理石の段を三段上り、二つの大きな硝子扉を開けて這入るやうなつて居た。一階にはこの客間と食堂の外には部屋が無かつたので、食堂は客間以外の餘地をほとんど占領して居ると言つてよかつた。この食堂の床は波形の繪模様の這入つた美事な寄木細工で出來て居て、戰爭以來日本人の經營になつてからは舞踏會などは一切行はれないに相違ないが、それでもちやんと舞踏の爲に中央があけてあつた。正面には樂隊の這入る演奏臺があつて、玻璃硝子で出來た大きな帆立貝の形がその背景をなして居た。天井は非常に高く、玻璃硝子の圓頂を形造りながら三階まで拔けて居た。そして、其處から落ちて來る薄暗い光は、食堂の中を丁度水族館のやうな趣にして居た。部屋の周圍には十數個の圓柱が立ち、その圓柱の頭が圓天井を支へる個所から各々等身大の裸形の女像が玻璃硝子を通すぼんやりした光に照らされ乍ら食堂を見下して居た。銀色に光り燻んだこれらの像は、身もだへるやうに手を擴げ、身を反らせつゝ、戰前着飾つた數十の男女が腕を組んで踊つたと假想される床の中央を一齊に見つめて居た。だが、かうした裝飾はすべて戰前の人々に對する扮裝である。今はこの食堂は空虚になり、中央の巨大なシャンデリアは消えたまゝとなり、その美事な寄木細工の上を武官が長劍をひきずつて行き、その花を飾つた食卓には、內地から蝟集した資本家や、「ヒットラーの贈物」と呼ばれる獨逸系猶太人が、利己主義な顔をして坐つて居た。支那人の給仕達も、支那語や英語を用ふ機會がなくなつて、無表情な慄へる棒のやうに片隅に立つて居た。毎土曜日の晩餐の後に獨逸人の四重奏團がやつて來て、正面の演奏臺の上でメヌエットとか舞曲とかいふ輕い曲を彈いたが、正直なところ誰一人耳を傾ける者は居なかつた。それどころか樂器が鳴り出すと、大部分の者がうるささうに頭を振つて食堂から出て行つた。戰爭は未だ終つては居なかつた。これらの猶太人共は、食卓に坐つて彼等の利益の源である砲彈の音でも聞いた方がまだしも落着けたに相違ない。

食堂にいつも姿を現はす滯在客は、奏任官達の他にも五六人あつた。色の黑い、眼の飛び出した中柄の砲兵少佐が居た。この砲兵少佐はまるで何といふ用件もないのに、軍刀を片手で押へて、恰も肩で人を目茶苦茶に押したくつて行くやうなせつかちな步き方をした。その步き方を見て居ると、何處か遠くから喇叭の音や重砲の響が一緒に聞えて來るやうな氣がした。彼は事務連絡の爲に此處へやつて來たのだが、何も仕事がないのでうんざりして、誰でもかまはず議論を吹つかけた。見知つた人達が食卓で例の如く議論をして居るのを發見すると、「何か？ 何か？」と言ひながら首をのばして近づいて行き、「いや、それはいかん、わしはそれには反對ぢや。」と言つた。砲兵少佐は理窟といふものを持つて居なかつた。唯相手を怒鳴り負してしまへばよいのである。だから、この眼の飛び出した少佐が「何か？ 何か？」と言ひながら近づいて行くと皆は議論を諦めた。また、若い棉花商が居た。晝間のあひだはホテルに居なかつたが、夕食の時になると未だ寒いのに寢卷用の浴衣を一枚着たきりで食堂にやつて來て、一番奧の食卓に一人で頑張つて腕まくりをして飮み出した。そして、大抵食堂が終るまでさうやつて一人で默つて飮んで居た。又、外國の新聞社の特派員――大兵のドイツ人と栗色の鬉毛をした小男の伊太利人とが二人一緒に滯在して居た。小さな伊太利人は皮肉屋で饒舌家で、食堂でばかりでなく客間を步いて居る際でも間斷なく早口に喋つて居た。反對に大きなドイツ人はほとんど無口で、吃るやうにしかものが言へず、伊太利人が何やらペラ〳〵と喋る每に、大きな上體を相手の方にかゞめて何度も相手の言ふことを訊き返した。「あゝ

? ホワット？ あゝ？ ホワット？」と彼はしよつちゆうさう言つた。然し、議論をすると執拗《しつこ》くなつて、相手を言ひ負かすまでは止めなかつた。この二人はお互に相手の國の言葉を知らないので、極めて下手糞な英語を用ひながら英國の悪口を言つて、お互の氣持を慰め合つて居た。

その他に、營養のいゝデパートの經營者、火傷をしたやうに赤い顏の白髮の英國人などの滯在客も居た。いつかの晩見た咳をする老人は客間では時たま見掛けたが食堂にはめつたに姿を見せなかつた。もう一人、若い沈んだ樣子の男が奏任官の注意を惹いた。この若い男は暗い默つた眼をして食堂に現はれ、誰とも話をせず、再び食堂から姿を消した。食事が終つた後、彼は暫く兩手の指先で食卓の端を押へ、やゝ放心したやうに身を後に引いて、食堂で食つたり喋つたりして居る人々、例へば奏任官の顏などをぢつと見つめて居ることがあつた。然し、その眼付は見て居るものに對して興味といふより、寧ろ無關心を示して居た。何故この男が奏任官の注意を惹いたのかは判然りしなかつた。その容貌や態度には別に取り立てゝ人の注意を惹くものはなかつた。唯、彼には、こゝで見る總ての他の人物と何處か違つた雰圍氣を持つ人のやうな陰翳があつた。

いま、上海は雨季なのだ、とホテルの女中が言つて居たが、實際奏任官が來てから曇りか雨でない日はなかつた。降り澁つた空が重く街の上に落ちかゝり、ホテル内は晝でも燈りがつけられた。雨滴で曇つた窓硝子は、外が暗い爲に電氣の光を鈍く反射して居た。食堂に下げてある幾つかの鳥籠の小鳥は、白い瞼を閉ぢたまゝぢつと兩足で止り木を摑んで居た。客間や食堂はひどく寒くて、事務所の平たい黄色い顏をした事務員も、袖の短い白服を着た支那人給仕も、白い鼻をして肩をちゞめながら無精さうな爪先き歩きをして居た。

或る夕方、奏任官が食堂へ下りて行くと、未だ誰も來て居ない夕食の仕度をしたばかりの食堂で、途方もなく大きな聲で笑つて居る者があつた。見ると、淺倉氏である。淺倉氏は大田原が何か耳元で秘密らしく囁く度に、それに耳を傾けて聞いては、まるで赤ん坊のやうに反りかへつて笑つて居た。

「いま、貴方と一緒に食事をしようと思つて野村さんを呼びにやつたのです。お會ひにならなかつたのですか?」と大田原は奏任官の姿を認めると急に眞顔になりながら言つた。

「いや、會はなかつた。僕はエレベーターに乘らなかつたので。何か面白いことがありますか。」

「いや、なにね、例のあの女《やつ》のことですわ。」

大田原は片眼をつぶつて、人差指で淺倉氏をねらふやうに指差しながら、にや〳〵して言つた。するとそれだけで淺倉氏は他愛もなく笑ひ始めた。

「ふつ〳〵〳〵、秘密、秘密、絕對秘密だ……こら、何でもぺら〳〵喋つちや駄目ぢやないか、お前! はゝゝゝ」と彼は大田原が何か言はうとするのをあはてゝ止めながら言つた。そして、野村さんが戻つて來て食事が始まつた時、何か胡麻化さうと思つて方々見廻はしながら、こんなことを言ひ出した。

「こないだ一寸耳にしたんだが、杭州方面にビール、サイダーの類をトラックで輸送する仕事と言ふんだが、こりや儲かるさうなね。」

「それが、貴方、儲りまつせん、えらい損でがした。」と野村さんが口を挾んだ。「第一途中が危うがす。」

「軍に供給するのだから、連絡さへとれば軍が護送してくれるだらう。」

「さうすると、兵隊さんが途中で半分は飮んでしまはつしやる。命掛けで戰爭して、その上他人の儲け仕事の下働きまで誰がせうかつてな。」

「成程ねえ。」と淺倉市議は感心したやうに言つて、片眼をつぶつて耳を搔いた。

「然し、それだけトラックがあれば材木の運搬が出來ますわ。」と今度は大田原が言ひ出した。

「材木をね。へへ――」

「何でも支那人の材木商が事變後方々に材木を隱して持つて居るのですよ。それを劫奪して來るのですわ。」

「そんなこた嫌だよ。お前、何かもつと氣の利いた上品な話はないかね。」

大田原は默つて眼の前に運ばれて來た料理に鹽を掛けて食ひ始めた。で、淺倉氏は諦めて別のことを喋り始めた。

「支那人はあまり往來で煙草を吸はないのだね。何でも蔣介石が煙草を吸ふのを禁止したとかつてね。ところが、こないだ南京路の通りを步いて居ると、さもうまそうに煙草を吸ひながら來る支那人が居るぢないか。だから、つい煙草の火を借りたら、君、それがきたない乞食だ……」

食堂にはいつの間にか四五組の客が坐つて居た。入口の近くの圓柱の下に、栗色の髮の毛の小さな伊太利人が大きなドイツ人と向ひ合つて腰掛けて、ナイフとフォークを手にしたまゝ頻りに喋つて居た。その隣りにはデパートの經營者が、大きな指輪を指の間から光らせた四角い顏の男と何か話し合つて居た。砲兵少佐は例のやうに軍刀を押へて肩で目茶苦茶に他人を押しのけるやうな步調で食堂に這入つて來たが、食堂の中央まで來ると、突然何か用件を思ひ出したらしく、廻れ右をして出て行つて、それきり歸つて來なかつた。少し後れて若い棉花商が浴衣がけで食堂に姿を現はした。彼はいつも腰掛ける一番奧の大食卓が奏任官達に占領されてしまつたので、隣の小さな食卓に腰を下ろして飲み始めた。棉花商は暫くひとりで奏任官達の方をジロジロ見ながら飲んで居た。だが、奏任官達の食卓が面白さうなので、仲間に這入りたくなつたらしい。大田原がその時、北京で一千年ばかり前に殺された男の屍體が發見されたが、最近になつてその犯人が逮捕されたとか自首して出たとかいふ話をして皆を笑はせて居た。棉花商は遠くの方から奏任官達の方を見て、しきりににやくし出した。そして、皆が彼の居るのに氣づくと、とうく徳利と猪口を下げて彼等の卓にやつて來た。

それから三十分もすると、奏任官の卓でも皆が飲み始めた。奏任官はさうやつて皆と一緒に居ても、自分から何か話をすることはなかつた。その代り、何の話を聞いても、唯笑つてばかし居た。彼には特別にその話が可笑しいといふよりもかういふ狀態の全體が可笑しいやうに思はれた。內地に居る時は思ひもよらぬことだが、この數日彼の顏は非常に明るい表情を呈した。そして、氣むつかしい表現をする爲にのみ形造られたやうな彼の顏が、さうやつて唯笑つてばかり居るのを見ると、何か調子の揃はないものがその中にあつた。そして、何か彼は滑稽な人物のやうに見えた。

奏任官は普段酒を飲んだことはなかつたのだが、綿花商がやつて來て、皆が飲み始めた時、自分でも氣附かずに飲み始めた。棉花商は、「かうなつちや、棉花商賣も樂でねえよ。」と言つて、それから棉を作る支那の百姓の話や、その棉の買ひ占めをやるタンプウといふ一種の質屋の話や、事變以後そのタンプウが日本軍の眼をくらまして、クリーク傳ひに上海の租界に棉花を持ち込むのだ、などといふ話をした。

「この棉花が上海附近で出來るのが百五十萬ピグル、三西省の奥だけでもざつと四五十萬ピグルはあるだらうぜ。全體ぢやあ千百六十萬ピグルもある。それが揚子江に沿つてクリーク傳ひに租界地へ逃げこんぢまふんだぜ。事變が始まつてからもう何千萬ピグル逃げたか知れやあしねえ。かうやつてる間に、どんどん外國船に積みこまれて持つてかれちまふんだな、俺あ實際やんなつちまふよ。毎日々々棉の野郎が逃げて行きやがるかと思ふと、一杯やらずにや居られねえよ……」

「へへー、惜しいことですなあ。」と浅倉氏も棉が惜しくなつて言つた。

「さうよ、飛んでもねえ話よ。」

「成程、何かほかにうまい話かなんかないですかな。」

「うまい話だ？　そんなものは知らねえ。」

棉花商は愛想のない顔をして言つたが、一寸眼をつぶつて首をふつてからかう附け加へた。

「然し、誰か支那人を紹介してくれといふんなら別だ。紹介してもいゝぜ。蔣介石ぢや困るが、汪精衞なら紹介してやらう。どうだい？」

淺倉氏も大分酩酊して居たが、汪兆銘に會ひに行く程醉つても居なかつたので、一寸二の足をふんだ。

「いや、そんな大物でなくてもいゝですよ。」

「さうかい。ぢやあ、王克敏にするか、それなら簡單だあ。北京まで飛行機で行くんだ。どうだい、行くかい。」

棉花商は皆が默つて居るのに、たちまち給仕を呼んで事務所に明日の定期飛行が出るかどうか訊ねさせた。やがて事務所の黃色い平らたい顏の事務員が食卓にやつて來て、黃色い手を揉み合はせながら、天氣が惡い爲に當分定期航空は出ないらしい、と申しわけをした。

「飛行機がなければ船でもなんでもいゝ。然し、王克敏に會つても大した話はないだらう。あんなのは駄目だから止したがいゝぜ。何だな、それより、吳佩孚の方がいゝや、吳佩孚を紹介してやらう。行くかい。」

皆は持て餘してしまつた。淺倉氏はすつかり脅かされて、默りこんで盃を口にあてゝ居た。棉花商の言ふことは本氣なんだか冗談なんだかわからなかつた。皆は空笑《そら》ひをしたり、胡麻化さうとして盃を口に持つて行つたりしたが、棉花商が脣を引つくり返して、つながつて一本になつた太い眉毛の下から鮫みたやうな眼をして睨むと、誰も彼も瞼を伏せた。

「どうだ、吳佩孚ならいゝだらう。近頃は吳佩孚を新政府に舁がうなんてえ軍人さんも大分あるらしいぜ。厭かよ。」

「さうだなあ。」と淺倉氏は言つた。

「さうだなあ、ぢやねえぜ。俺あ無理を言ふわけぢやねえ。君が紹介してくれつてえから紹介するんだ。呉佩孚なら文句はねえだらう。おい。」

「文句はないが、どうだらう、うまい話があるだらうか。」

「そんなこた、會つて見なけりやわかりやしねえさ。厭か、呉佩孚が厭なら、韓復榘はどうだ。韓復榘なら軍閥だから多少悪いことだつて何だつてするぜ。さうだ、韓復榘にしな、な、な。」

すつかり醉の廻はつた棉花商は、面倒臭くなつたらしく、ともかく韓復榘で話を一段落つけようと相手をなだめにかゝつた。彼はめくらのやうに眼をつぶつて、淺倉氏の肩をさすりながら言つた。

「韓復榘にしな、さうしな、な。」

「然し、うまい話があるだらうか。」

「會つて見なけりやわからねえよ。厭かよ、膽玉の小さな奴だな。氣を大きくしろい。何だぜ、俺はお前達が紹介しろつてから紹介するんだぞ。えゝ？ 氣を大きく持てやい、泰山の木石をもつて、東海を塡めるんだ。えゝ？ どうした、でぶ。」

「行つてもいゝが、俺はでぶぢやない。」

「よし、お前はでぶぢやない。それぢや皆、飛行機で行かう、あゝ、さうか、飛行機は駄目か。そんなら鐵道だ……ところで、韓復榘は何處に居たつけかな……」

棉花商は考へ込んで居たが、然し、たうとう彼は餘り喋つたのでくたびれて、眠くなつてしまつた。彼は暫く低く頭を垂れて、頭に載せて居た方の手で後頭部を掻いた後、前とは打つて變つた低い憂鬱さうな聲で言ひ足した。

「俺はくたびれた……また明日にしよう……それに韓復榘はもう死んぢやつたよ……」

　棉花商が千鳥足で出て行つてしまふと、やつと一同はほつとして、急に醉が廻はつたやうな氣がした。食堂の人々は半分以上も席をたつた後であつたが、まだ七八人居殘つて居た。例の人嫌ひな若い男が、出口の近くの食卓に腰掛けてぢつと奏任官達の方を見つめて居た。

「あいつは大酒呑みの法螺吹きだ。」と淺倉氏は、棉花商の姿が見えなくなると、立ち上つてしよげこんだやうな聲でつぶやいた。

「さうだ、あいつは法螺吹きだ。そしてお前はでぶぢやない。」大田原はすつかり醉つて、ます〳〵黄色い眼をして、淺倉氏のまはりを意味もなくうろ〳〵歩きながら言つた。奏任官は默つて立ち上つて勘定書に署名し、三四歩きかけたが、その時彼は不意に自分から自分の魂が抜け出すやうな不思議な變化に襲はれた。酒を飲みつけない人によくあることだが突然崖から落ちたやうに醉つぱらつてしまつたのである。彼は躓くものも何もない平らな寄木細工の床に躓いた。そして後に居た野村さんからやつと支へられて起き上ると、眞赤な顔をして恰好の惡い頭を振子のやうに振りながら支離滅裂なことを言ひ始めた。

「さうだ、新聞にはみんな載つてるからね。ですけれどもだ、そんなことは皆嘘だ、と私は言ふ。我々は皆自分で理解しなくちやならん。勘のよさ、これは君、これは重要なことだ、と私は言ふ。これは君、自分で見て、自分で嗅いで、自分で喰べることだ。そこで理解するんだ……」

　他の三人は始めびつくりして、それから笑ひ出した。すると、奏任官も一寸にこ〳〵として、前よりも大きな聲で喋り始めた。大田原と野村さんとはやがて心配になつて來て、奏任官をなだめにかゝつた。二人は兩方から奏任官を助けて食堂から連れ出さうとした。ところがそれから大暴れが始まつた。出口のところで彼はまるでドストエフスキーの小說の主人公みたいに、大田原がギャッと言ふ程劇しくその耳に嚙みついた。それから客間を通る時、猶太人の女に犬のやうに嚙みつかうとした。大田原と野村さんとがやつと奏任官をつかまへた。そして、驚いて見て居る客間の人達に見送られて、三人一緖に階段を登り始めた。淺倉氏は後からついて來て、彌次馬のやうに唯掛け聲を掛けるばかりなので、奏任官を支へた小さな野村さんと瘠せつぽちの大田原とは、ひよろ／＼しながら暗い長い階段を登つて行つた。階段を登つてしまふと、やつと奏任官は暴れるのを止めた。そして、その代り今度は泣き出した。

「猶太人が喰べたい。」と彼は泣きながら言つた。「誰も私を愛して居ない、理解してくれない。孤獨だ。猶太人が喰べたい。」

三〇七號室に這入つてからも二三分奏任官が大聲で泣きながら何か言ふのが聞えた。だが、部屋の中はやがてしんとなつて、三人の者が扉から興の醒めた顏をして出て來た。

「何だい、ありやあ。偉さうな樣子をして居たが、案外だらしのないぼんくらだな。」と淺倉氏が戶口で言つた。その上、三人はめい／＼奏任官の惡口を言ひながら、階段の橫にあるエレベーターの方へ引き返し、それから「一寸その邊へ出かける」爲にエレベーターに乘つて下へ降りて行つた。（未完）

編輯後記

いささか頁數が、すくなさすぎる感じがします。

もちろん、量よりも質であり、ゴリアテみたいな、圖體ばかり大きい雜誌より、小さいながらナカミのつまつた、ダビテみたいな雜誌のはうが、どれだけ賴もしいかわかりません。

そのつもりで、できるだけこの八十頁から九十頁の紙幅を生かすべくつとめてきたのですが、今月のやうに力作が集つてみると、なんとも頁數のすくないのが殘念です。手のほどこしようがありません。

次號完結が、いやに多くなつて、若干恐縮してゐる次第ですが、だいたい本誌にはフリの讀者は大してないやうですし、また今月から讀みはじめられる方は、來月も讀んでくだされぱいいわけだから、思ひきつて、長いものをどんどん載つけてみました。

いつたい夏になると、暑いせいか、執筆者もなんとなく元氣がなくなり、普通貧弱な作品があつまるのに、本誌だけは却つて逆です。これは編輯者にとつて、なんといふ有難いことでせう。コクトオのドラマも來月で終りますが、次はハンス・グリムが豫定されてゐます。（K）

昭和十六年八月二十日印刷納本
昭和十六年九月一日發行

一部	三〇錢	（送料三錢）（外地一割增）
六ヶ月	一圓八〇錢	（送料共）
十二ヶ月	三圓六〇錢	（送料共）

編輯兼發行人 東京市赤坂區溜池三〇 文化再出發の會 福池立夫
印刷人 東京市牛込區揚場町八 武宮敏一
印刷所 東京印刷所 電話牛込五一八一番
發行所 東京市赤坂區溜池三〇 文化再出發の會 電話赤坂｛二二〇七番 二〇〇七番 振替東京一五七九九六番
編輯所 東京市世田谷區大藏町一八三 中野秀人方 電話砧四一九番

◇寄稿・寄贈・通信は編輯所へ

配給元 東京市神田區淡路町二ノ九 日本出版配給株式會社
會員番號 一二八〇八五番